U0134840

有栖川有栖

有栖川有栖

波斯貓之謎

有栖川有栖◆著
林敏生◆譯

W&K Publishing

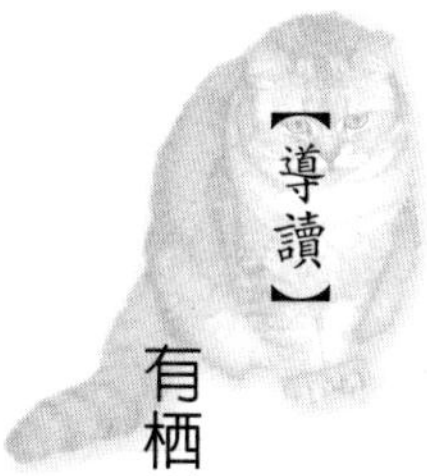

【導讀】有栖川有栖的國名系列作品

◎傅博（推理評論家）

◆概說有栖川有栖的國名系列

從有栖川有栖自稱是「九〇年代的昆恩」這句話，不難看出他對推理小說的抱負與創作路線。十多年來，有栖川就一面堅守解謎推理小說的傳統創作形式，一面繼承艾勒里・昆恩之那種精緻的解謎過程之寫作架構。

艾勒里・昆恩是何等作家？實際上不必多言，其重要作品在台灣已經翻譯出版，是推理小說迷應該知悉的美國推理文學大師，不過，在此還是爲年輕讀者做些說明，讓讀者與有栖川有栖的作品比較一下，也許更可以瞭解推理小說的香火是如何延續下來的有趣問題。

艾勒里・昆恩是歐美推理小說史上、黃金時期（一九一八～一九三〇年）的三大師之一。另外兩位是阿嘉莎・克莉絲蒂和狄克森・卡爾。從此歷史定位，即可知道他們是多產作家，其傑作與產量成比例之多，其作品架構各具獨自風格。如克莉絲蒂之作品，容易讓讀者移入感情，以欣賞多樣化之解謎世界。又，卡爾的作品世界雖然充滿怪奇氣氛，卻有超難度之不可能犯罪型的解謎推理。而昆恩的作品特徵是作品架構的緻密性和喜歡向讀者挑戰的遊戲性。

推理小說有很多種分類法，其目的是：欲以短短幾字的單語說明一部作品的內涵。以「解謎推理小說」而言，是「推理小說」之一領域，以解謎爲主題的推理小說之總稱呼。同樣是解謎爲主題卻有很多不同類型，從某種角度去分類，就有其角度的分類法。

筆者曾經在有栖川有栖的《魔鏡》和《第46號密室》二書（小知堂文化出版）〈導讀〉言及「短篇」與「長篇」的架構問題，以及「不可能犯罪型」與「不在犯罪現場型」的寫作形式問題，這些就是從不同角度所作的分類法。

解謎推理小說的另一種分類法是「挑戰型解謎推理小說」與「非挑戰型解謎推理小說」。

所謂「挑戰型」是作者必須在偵探作解謎行動之前，將犯罪現場的狀況、事件關係者的言行、偵探的搜查過程等與解謎有關的諸要件公開給讀者，讓讀者與偵探站在同一地點去推理、解謎的作品。「非挑戰型」的作品，大部分是特殊架構的作品，以及作者自我陶醉的失敗作。

解謎推理小說原來的主旨就是讓讀者參與推理、解謎的遊戲文字，沒有挑戰書，讀者仍能參與推理，才是正常的解謎推理小說，所以解謎推理小說大部分是屬於「挑戰型」的，作者具體提出挑戰書是欲表達其公平性。

艾勒里．昆恩是兩位同年齡（一九二五年出生）的表兄弟 Frederie Dannay 和 Mantred B. hee 之合作筆名，一九二九年發表的處女作《羅馬帽子的秘密》，就是其「國名系列」之第一部作品。

之後，七年內（至一九三五年）一共發表了冠以國名的長篇九篇，按其發表順序列舉：《法蘭西白粉的秘密》、《荷蘭鞋子的秘密》、《希臘棺材的秘密》、《埃及十字架的秘密》、《美國槍的秘密》、《暹羅連體人的秘密》、《中國橘子的秘密》、《西班牙岬角的秘密》。本系列的最大特徵是作者借記述者名義，插入〈向讀者挑戰〉一短文（只《暹羅連體人的秘密》，沒有挑戰書，但是一樣可以參與推理）。

本系列的另一特徵是，名探的造型，他與作者艾勒里・昆恩同姓同名（這種遊戲精神就是作者的推理文學觀），父親是紐約市警察局的高級警官，所以一名非職業偵探，才有機會參與辦案，這是作者將非職業偵探，卻能夠連續參與辦案的合理化。國名系列完結之後，名探艾勒里・昆恩仍然在艾勒里・昆恩作品裏破案。

而有栖川有栖所創造的名探火村英生的名銜是犯罪社會學家，是屬於自己直接參與勘查犯罪現場型的偵探，也是屬於天才型偵探，勘查現場、向關係者質問幾句後立即破案，作品中的記述者有栖川有栖（與作者同姓同名，可視爲作者的分身）稱他爲臨床犯罪學家，象徵其速戰速決的偵探法，這點是有栖川作品的最大特徵。

有栖川於一九九二年三月，創作了火村英生系列第一長篇《第46號密室》後，翌年二月即發表了火村英生的國名系列第一短篇〈俄羅斯紅茶之謎〉，之後陸續發表了〈巴西蝴蝶之謎〉、〈英國庭園之謎〉、〈波斯貓之謎〉、〈瑞士手錶之謎〉、〈摩洛哥水晶之謎〉等短篇作品與《瑞典館之謎》、

《馬來鐵道之謎》等長篇著作，而《馬來鐵道之謎》於二〇〇三年獲得第五十六屆日本推理作家協會獎・長篇部門獎。據作者表示，今後還有國名系列的出版計畫。上述有五短篇名分別冠在五本短篇集出版，可見有栖川對自己之國名系列的自負。

◆閒談《波斯貓之謎》

《波斯貓之謎》是有栖川有栖的第六短篇集。名探火村英生系列第九集。一九九九年五月由「講談社小說叢書」系列出版，二〇〇二年六月改爲「講談社文庫」版出版。本書是文庫版的翻譯本。

本書一共收錄一九九七年二月至一九九九年五月所發表的推理短篇七篇。但是與以往出版之三本國名系列短篇集，所收錄的作品風格有異。

在日本比短篇更短的，大約四千字以下的超短篇，視其內容，有其不同的名稱。第一類稱爲「コント」，語源是法語的 conte，其原義是「說故事」，內涵是指富有機智與幽默的小故事，如莫泊桑的超短篇。但在日本，即指大衆文學上之輕鬆、幽默的小故事。而純文學的超短篇即稱爲「掌篇」，大部分是人生片段的小故事，如川端康成的超短篇。以上是二次大戰前的區分法。一九五〇年代後半期，即引進美國觀念的 short short story，稱爲「ショート・ショート」。這類短篇的特徵是，在短短的故事尾聲，作者須爲讀者準備「意外收場」的場面。這類創作形式，適合用於推理小說和科幻小說，如星新一的超短篇即是。

〈猫、雨、副教授〉和〈悲劇性〉兩篇，即屬於掌篇小說。前者是作者藉火村英生寄宿的房東所飼養之三隻貓的小故事，欲凸顯火村日常生活的一面。後者是記述者向編輯者說故事方式，記述火村對其學生所寫的一篇「文不對題」之期中報告書的反應。這兩掌篇都非推理小說，可稱爲火村系列的「課外讀物」，對「火村迷」來說是一種禮物。

〈等待開膛手傑克〉的「開膛手傑克」是固有名詞，英國犯罪史上有名的兇惡嫌犯，討論、研究這名百年來未曾被捕的連續殺人兇手之書，至今仍有新作出版。本篇是一名女演員摩利被綁架，綁架者寄來錄影帶，向她所屬之小劇團要求一千萬圓（約新台幣三百三十萬元）贖金，限期支付，不然要殺她。劇團不報警，請來有栖川有栖商量。支付贖金期限前，摩利已被殺，於是火村英生登場。是一篇不在犯罪現場證明型解謎推理小說的佳作。

〈散布暗號的男人〉，誠如作者在〈後記〉所說的，是一篇「怪怪」的小說。作品主旨不在解開死者之謎，而是犯罪現場到處散布著與房間不相配的東西之謎的追求。從這短篇就可看出作者對暗號之喜愛。

〈波斯猫之謎〉是國名系列第五作品，但其作品風格是與以往四篇之端正的傳統解謎推理小說完全不同的異色作品。故事是記述愛貓如命的主角喜多島一充，因過度寵愛一隻波斯貓，而招來災禍的經過，火村英生對這災禍的解釋是超自然的。唯一沒有殺人事件發生的國名系列作品。火村的推理，「怪？不怪？」，還是怪怪的吧！

〈笑月〉中，有栖川有栖不登場。由女主角（大學生）以告白形式說故事。她從五歲至十歲這段幼小時期，對月亮抱有恐怖感說起，然後把話題轉移到半年前，因殺人事件，刑警和火村英生來找她，她爲了證明朋友的清白，提出一張背景有月亮的照片，證明他之不在犯罪現場。火村從一張照片如何解決事件？

〈紅帽〉，本書唯一，火村與有栖川不登場作品。解謎主角是火村系列的配角森下刑警。其理由請參閱作者的〈後記〉。故事是寫下大雨的早上，在橋下發現一具無名浮屍，刑警如何搜查，森下刑警如何推理破案的經過，具警察小說的味道。

由此可知，不但〈波斯貓之謎〉與以往四篇國名系列不同風格，所收錄的其他六篇作品中，除了〈等待開膛手傑克〉是正統的解謎推理小說之外，其他作品風格，也與火村系列的短篇有異，這種現象，是否說明作家有栖川有栖的作品風格之轉變？請讀者繼續觀察後續作品吧！

來到鏡中之國的有栖川有栖

◎盧郁佳（作家）

有栖川有栖先生光臨台北的時候，台灣的許多書迷，包括我在內，就像遇到了從闊別已久的遙遠故土來的同鄉一樣，毫不保留地表示傾慕愛戴。據說座談會上，衆人甚至完全用日文對談。與其說是常見的讀者對異國作家流露的擁抱接納之情，不如說更像是一場認親，要在短短一兩小時內，介紹出本地推理界的水平之高，閱讀之廣，「就像有栖川先生您一樣。」彷彿失散多年的親人乍然重逢，作家卻還不知道你是他的親兄弟，只得強抑胸中激情，禮貌握手，試著從作朋友開始，讓他熟悉你。這可不是一趟例行的巡迴簽書行程而已，簡直發揮了宣慰僑胞的情感動員效果。大家爲何這麼熱愛有栖川有栖？

人們所熱切訴說的、讀者和作家彼此的共通語言，不僅是日語，更是推理。後者對台灣和日本來說，都是外來語。推理移植到日本也不過百年，和過去的說部傳統截然不同。而這兩個國家正處於推理歷經漫長歸化的不同階段，在未經動亂的日本，推理已沃土生根，發展出自己特有的工藝巧局；而台灣則有一群舶來品的愛好者，就如同所有帶頭接受外來新事物的先驅者，忍耐著置身主流環境的孤立與語言不通，他們內心屬於歐美、日本大師的故鄉，雙腳卻踩在一個不識貨的國土上，眼看這兩年推理小說大量翻譯出版，本土純文學逐漸銷聲匿跡，彼消此長之際，兩者在媒體的聲勢地位卻完全不成比例。他們憎惡出版社利用文壇作家的名聲來介紹宣傳，外行人插手班門弄斧，嚴重冒犯了他們的專業素養。劃清界線有助內部團結，這當中就誕生了一種身分，執著專情於推理、考究閱讀資歷與藏書規模的正統專業推理迷。就如同婦運初期不歡迎男性作家來詮釋女性主義，非同志作家在同志議題當中也最好不要亂搶同志鋒頭；這些菁英讀者人數不多，但在譯介論述等運動中，由網路到出版，不斷燃燒散發能量。當出版社尋思「讀者在哪裡」時，他們永遠在那裡熱情呼應。

有栖川有栖與美國犯罪小說家卜洛克今年同時訪台，兩人定位的反差更襯托出這重身分的存在感。主流作家推薦卜洛克，理由是他更近於純文學。有異於卜洛克之面向文學大眾，有栖川有栖不僅創作本格推理，自己更是這行小眾讀者的人口抽樣。與作者同名的小說主角，也是寫推理小說的推理社團大學生，血統純正的名門賽馬，在小說中亦不斷瀏覽推理文學史，是打正字號的專業推理迷。有位日本學者曾以體育競賽儀式來比喻日本與美國的性格差異，相撲選手的晉級需要通過權威大老團體認定，頒贈稱號；而拳擊賽只要挑戰拳王，赤手空拳一路打上去，位銜就是你的，所以他表示，日本仍受權威與傳統所統治。這觀察可能太籠統，但似乎可以說明本格寫作的特殊依賴，新人新作是本格創作史大樹上萌發的根苗，但從沒離開過這棵神木，每一分鐘都繼續從中吸取養分。或說現實的靈感養分，都必須通過大樹脈管過濾才成立。本格原是與傳統的密切對話，不斷摺疊翻新，把前人的詭計謎底當成自己誤導讀者的謎面，在舊暗號上再度歧出意義；但新花樣也要把它刻意做舊，繼續在滑雪別墅、風雪斷橋、壁爐間，挽留住那個本格盛年的永恆絕對時間。它是讀者的寫作，作家必須先成爲刁鑽的資深讀者，有栖川有栖，也因而成爲一種網路、學院封閉社團的身分認同象徵。

本格，形式就是內容。《波斯貓之謎》便精彩演繹了許多歷史性主題，與其說是互涉，倒不如說是諧擬。〈紅帽〉就如同作者過去的〈雨天決行〉，從希區考克極短篇〈好天氣謀殺案〉出發，由目擊者在旁聽到的字音，尋找諧音的本體爲破案關鍵，聲韻訓詁就是核心。〈笑月〉引用令人懷念的風土推理，兇手拿出特定時間才能拍到的照片舉證案發時不在現場，譬如在「大文字燒」（山坡篝火連成「大」字圖形供遊人遠眺）前比出快樂V字，或隅田川煙火之類。而這次，偵探與嫌犯在照片細節上展開了更尖刻的纏鬥，嘆爲觀止。然而回頭一想，數位處理影像行之有年，還有什麼片子做不出來呢？他等於清楚告訴讀者，這並不是寫實，而是懷舊風，當年照片還可以當證據。

評價本格推理，並非採取「有多少破綻、扣多少分」的體操評分辦法。本格的任務是，盛大展開魔幻謎面的奇觀，當然，慣例要試圖解釋原因動機，把屍體升空不可解的恐怖嘉年華，還原到日常邏輯地面上來。但解釋沒那麼重要，它只是表演的一部分，通常以疊床架屋來掩飾首尾的不合情理。爲了架構驚人謎局，快閃跳過常識的騷擾，是值得的。比起謎面的華麗精緻，作家架構解釋時顯得漫不經心。讀者會以爲很多伏筆沒有完成，過去小說兇手按照字母序列、俳句或鵝媽媽童謠內容殺人，混淆視聽，僞裝成隨機殺人；在有栖川有栖的某部小說中，兇手在每人房裡布置了人偶、白酒等許多白色物件，卻沒怎麼交代兇手希望大家怎麼解釋白色本身，結果有人隨口推說：「不過是白色聖誕節吧。」不明所以，其實就是意義的輻散，就像波赫士那套詭異的分類學，過度解釋反而解消了神秘。而神秘，也許是本格最深刻的文學性。

文學的任務爲何，每本書都像重新問我一次這問題。就像經過某個城鎮時，你看到沿途家家戶戶都在搬家，房門大敞，有些人家使你嘖嘖稱奇：「喔，原來這玩意兒可以拿來這樣子收納啊？」有人在陶瓷馬桶裡整整齊齊儲放了三排的蕃茄罐頭，有人牙刷的刷毛縫裡不能少了火柴。每個人整理自己人生的章法都不同。閱讀本格的樂趣在此，它永遠向你展示一種異乎尋常的組織方式，線索初看是以這種方式聯繫起來，但最後必然以你打開這本書時沒想過的那種方式聯繫起來。有栖川有栖尤其強調了對於密碼、死前留言、雙關語、同音字的熱愛，令我們想起阿波羅神廟的祭司，謀生之道是用說神諭預言的腔調說謎語，爲了把聽者誤導到死胡同，讓預言不受聽者的預防措施阻攔、順利實現，謎語便是不合常理的世界。

還記得聖經士師記裡，參孫和人打賭猜謎，他那謎語怎麼說的：「吃的從吃者出來，甜的從強者出來。」謎底是，他來的途中，曾從死獅子頭骨裡取蜂蜜。這樣的謎題，又有哪一點公平？可是迷人極了。推理也永遠只有兇手／死者個人獨特的意義組織方式說了算，有栖川有栖選擇了如此孤僻執拗、以我爲準的規則體系，呈現出狂野的邏輯奇觀，那是令我們感激的，經驗匱乏者只要有想像力就可活躍奮戰的架空世界。

書中最奇特的壓軸之作〈波斯貓之謎〉，謎底並不合乎一般認知，但就是在本格的解釋傳統中才產生新的意義。他面不改色，若無其事把神秘之事引進這車水馬龍的現實。違規行駛，但卻飆得如此優美。在這個遠離歐美、日本推理家系，僻處台灣、耽讀翻譯的孤獨小宇宙，文本歷史錯置、時空被拼貼散放，有栖川有栖在書中最末一筆的靈光，簡直就像對我們的回頭一瞥。

波斯貓之謎

等待開膛手傑克

1

彷彿沙塵暴般的沙沙聲響。

不久，畫面的細密沙點消失，一位坐在椅子上的年輕女性出現。

「她就是鴻野摩利？」我看著螢幕。

「是的。」斜後方傳來谷邑康平僵硬的聲音。

紊亂的波狀長髮遮住女人左半邊臉孔，右眼眨也不眨地緊盯這邊。蒼白的臉上毫無血色，尖削的下顎一帶有類似擦傷的痕跡。

女子——鴻野摩利——並非悠閒地坐在椅子上。上半身被繩索牢牢地在椅背上綁了三圈，雙手也被綁在背後，露出牛仔褲褲管的腳踝同樣被綁在椅腳，完全無法動彈。

我受到衝擊，緊盯著畫面：這是怎麼回事？

久久，她張開微厚的嘴唇：「今天是十二月二十二日。」

可能因爲恐懼吧？聲音非常低沉沙啞。

「請在二十四日聖誕夜晚上七點前準備好一千萬圓舊鈔，取款方法屆時會再連絡。請依照該方法付款，否則我會被殺。」

似乎是按照歹徒命令而說話的機械般聲調，卻讓這捲錄影帶產生壓倒性的震懾力。由於她是舞台劇演員，若是淚流滿面地苦苦哀求，或許反而會被認爲是在演戲，而不會受到震撼。

突然，她的聲調改變：「我知道對我們劇團而言，那是一大筆錢，但若不付錢，我一定會被殺，求求你們，趕快準備錢。」

可能是壓抑的情緒潰堤了吧？她還想傾訴什麼似地張大了嘴，但卻再也傳達不到我們耳中。應該是拍攝者嫌她話太多而停止錄影吧！螢幕畫面再度回到細密沙點，簡直就像鴻野摩利被錄影帶給吞噬掉。

「後面什麼都沒有。」谷邑說。

我將錄影帶快轉。不是懷疑他的話，而是我必須親眼確認至最後：「這是昨天一大早送達的？」

這次，佐久間香苗以淡漠的聲音接腔。她比摩利稍年長，大概三十二、三歲吧？舉止相當優雅。

「不是送達，正確來說應該是寄達。放在你剛才見到的褐色信封裡，塞入練習場的信箱內。可能是歹徒在半夜裡拿過來的吧？」

我也記得信封上並沒有貼郵票。

三十分鐘長度的錄影帶很快停在最後部分。正如谷邑所說，完全空白。我將錄影帶倒回。

「有栖川先生，看了這個，你有什麼想法？」谷邑焦躁地問。他是爲了問這件事才找我來的。

「這個嘛……」我尚未整理出頭緒，回頭望著皮膚白皙、有一張娃娃臉的他。乍看之下好像很纖弱，事實上，裹在深藍色運動外套裡的是飽經鍛鍊、有如彈簧般結實的肉體。他的眼睛挑釁似地看著我，但，也帶著些許怯色。

「如谷邑先生擔心的，我也不認爲是惡作劇或開玩笑，感覺上是相當急迫的重大事件。」

「那是當然了！」原以爲佐久間香苗要表示贊成，但卻不是。「摩利是演員，不久將成爲我們劇團的招牌女明星。我認爲，以她的演技，要惡作劇根本是輕而易舉！有栖川先生。」

「又講這種話……香苗小姐眞的認爲那是惡作劇？」谷邑用拳頭敲打自己的膝蓋。

香苗一臉無關緊要：「沒錯，我和團長都這麼認爲，只有你一個人信以爲眞。爲了一捲惡作劇錄影帶而找來熟識的推理作家做鑑定未免也太輕率了些，這會造成有栖川先生的困擾呀！眞是太沒常識了。」

「團長不擔心嗎？不擔心若眞是如此的話該如何是好？」

一直沉默不語的團長——「閣樓的散步間」劇團負責人、佐久間香苗的同居人——鳴海邦彥的表情被黑色墨鏡遮住，無法看清。被這麼一問，始終默默抽菸的他首度開口：「這並不令人驚訝。」

他的聲音低沉響亮。只戴墨鏡還好，若再加上一顆理得像燈泡的頭，膽小的人假如半夜跟他一起搭電梯搞不好會鬧胃痛。

他繼續說：「我不認爲這是勒贖綁票，不可能。」

佐久間香苗立刻接道：「絕對是摩利的惡作劇，企圖讓我們困擾。你看，影片的背景是我們的道具倉庫！歹徒爲什麼會利用這種地方拍攝勒贖的影片？這是因爲她住在單身公寓，沒有其他地方可以拍攝。」

「摩利惡作劇？不可能！今天開始的戲劇是由她主演，她不可能會自己破壞。」

「所以，她一定是對劇團有所懷恨，內心的各種不滿一下子爆發出來。」

「愚蠢！」

「歹徒會在道具倉庫拍攝才是愚蠢。」

我觀察三人的對話。很顯然的，委託我鑑定錄影帶完全是谷邑康平的獨斷獨行。

「這並不是嚴重到需要報警的事。」鳴海邦彥宣示似地說，「這麼做的話絕對會後悔。或許這件事並非惡作劇，而目的也不是勒贖。」

他好像和香苗有不同的見解。

「團長的看法又是怎樣呢？」我忍不住問。

鳴海摘下墨鏡。好不容易才看出他的年紀應該是四十出頭。

他以惺忪的眼神望著我：「很簡單！雖然不知道歹徒是什麼人，可是，目的應該是企圖破壞我們的公演吧？歹徒不希望我們今夜的戲劇上演。」

他指著牆上的海報。

十二月二十四日的今天與二十五日兩天上演的戲劇，其內容以一百多年前在倫敦出沒的連續殺人魔爲主題。海報是煤氣燈照射下的石磚街角，並題上鮮紅的標題——

〈閣樓的散步間〉聖誕節公演

隆冬之夜的推理

等待開膛手傑克

於・Q空間（千里中央）

開演時間爲晚上七點。與摩利在錄影帶中說的現鈔準備截止時間相同。

海報旁邊的時鐘指著下午兩點。

「如果現在報警，演出的準備和其他一切事宜將無法進行，演出也勢必要停止，所以應該以今夜的演出爲優先，不是嗎？好不容易找到潤子代演摩利的角色……若因沒報警而發生什麼事，我會負全責，這樣可以了吧？」

鳴海邦彥如同嚴父曉諭兒子般企圖說服谷邑。但是，被勸說者並未輕易屈服。

「如果摩利有什麼萬一，就算團長要負全責，事情也無法挽回。不能因爲沒有確切證據就樂觀以對。」

「谷邑，」鳴海的語氣緩和下來，「我能瞭解你的擔心，因爲這樣才是所謂的同伴。我也很關心摩利，這點你應該也明白吧？」

谷邑默默頷首。

「但是，太遲了！若是昨天或前天，可能還會考慮撥一一〇報警，不過，到了開演前五個小時，絕對已經太遲了。到了這步田地，等今夜演出結束後再報警也一樣。」

「團長講這種話太不負責任了。直到昨夜福本來找我商量時，我才知道這捲錄影帶的存在，在那之前，團長和香苗小姐一直都保密著，所以請不要說什麼太遲之類的話。事實上還不遲，因爲歹徒要求的時間是『今天晚上七點前把錢準備好』，因此現在必須採取行動……」

「沒辦法。像我們這種窮劇團，歹徒應該也知道我們根本不可能籌到一千萬圓這麼一筆鉅款，因此，這絕對不是以勒贖爲目的的綁票。」

「但是，摩利行蹤不明也是事實，所以向警方報案……」

「歹徒的目的既然不是爲了錢，演出結束後再應付還不遲。」

彼此一問一答，我很難插話。既然有綁票勒贖的嫌疑，向警方報案乃是正確之舉。雖然鳴海說對方要求劇團無法籌措的鉅款，很明顯不是爲錢，而是企圖破壞公演，確實也有道理。儘管如此，執意進行公演也可能激怒歹徒而危及鴻野摩利的性命，不論如何，還是報警比較妥當。

「火村教授會怎麼說呢？」眼看就快被團長的氣勢壓倒，谷邑岔開話題。「有栖川先生已經幫忙連絡了，火村教授很快就會抵達。就是我剛剛說過的那位協助警方調查，曾幫忙解決過無數疑難事件的犯罪學教授，我們應該聽聽他的意見才是。他大概三點左右就會到了。」

我點點頭。火村在京都的大學上完下午的一堂課後就會趕來，最晚四點前會抵達。

「谷邑，二點半開始要按預定進行綵排！」鳴海堅決地說，「大約四點左右結束。從那時起才能和那位火村教授面談。」

佐久間香苗從鼻孔噴出大量空氣：「眞是找麻煩！竟然找來大學教授。算了，反正那位姓火村的人應該已經啓程了，總不能找人家來卻說沒事可幹，就讓他看錄影帶好了，然後請教他的意見。但是就算那位教授是有如赫丘勒・白羅的名探（譯註：Hercule Poirot，阿嘉莎・克莉絲蒂筆下的名偵探），只看那捲錄影帶應該也無從得知歹徒的身分和目的，谷邑。」

「或許可以也不一定。」雖然和火村素昧平生，但谷邑仍賭氣似地說。

2

「眞是不好意思。」走出練習室，谷邑低頭致歉。

「沒什麼好道歉的。」我回答。因爲，是我主動接受他的委託前來。

「想喝點什麼嗎？」

不待我回答，他走向走廊角落的自動販賣機，投下銅板，買了加量牛奶的咖啡，然後，我們坐在有如從公園搬回來的木製長椅上。

「只和有栖川先生見過兩次面就找你麻煩，實在很不好意思，不過，我眞的很擔心摩利。」

「我非常瞭解你的心情，也不認爲那像小孩子的惡作劇，如果我是團長，一定會在報警之後，努力設法讓公演順利進行。」

甜咖啡很好喝。

「那是有良知的判斷，但，團長的想法不同，我也下不了決心擅自打一一〇報案，不過，我打算到時依火村教授的意見而決定是否採取行動。照理應該是能順利演出才對，但若被迫停止也是沒辦法的事。」谷邑稍微壓低聲調。他很小心翼翼，畢竟聲音會在走廊裡迴響，有可能傳入猶在練習室內的鳴海他們耳中。

「對了，你沒要緊的工作吧？當然，現在講這種話有點做作。」他搔著頭皮說。

「沒事，只不過起早了，有些睡眠不足。」

「啊，對不起。」

平常正午前總是還在床上，今天卻是上午十點就被電話吵醒。睡眠惺忪間聽到對方告知劇團的女團員遭綁票，收到類似勒贖的錄影帶，由於無法確定是否屬實，問我能否過去看看，不禁大吃一驚。

其實，對於有一位像火村英生這種特異風格朋友的我而言，被這類電話吵醒或深夜驅車在街道上奔馳都不是很稀奇的事，意外的是，打電話的人是谷邑康平。如他剛剛所說，我們只見過兩次面。

彼此認識的契機也是由於電話。約莫半年前，我突然接到谷邑的電話，說他是我的書迷。當然，那只是藉口，事實上卻是「我目前正負責劇本改編，你的作品中有我非常喜歡的短篇，不知能否將它大幅改編成戲劇」。我苦笑，心想：如果是很喜歡的作品，還必須大幅改編嗎？

谷邑問我：「能否見一次面詳細討論。」我被他的熱情感動，兩人在天王寺的咖啡店聊了大約一小時。後來那篇作品雖未改編成戲劇，不過谷邑又主動來找我說明受挫的原委，那是第二次碰面。若是一般狀況，這表示彼此「無緣」，一切就這樣結束，不過，可能互相對彼此有些興趣吧？兩人仍維持著「下次一起邊喝酒邊聊」的關係，導致這回以意料不到的形式再度碰面。

練習室的門開了，鳴海邦彥和佐久間香苗走出。團長把墨鏡勾在休閒衫衣領。

「如剛剛所說的，十五分鐘後開始綵排。」

谷邑回答：「我知道。」

兩人朝走廊另一頭走去。

我很在意谷邑不必去做準備嗎？但是，綵排時他好像沒有什麼特別重要的事情要做。

「所以沒什麼好慌張的。我就好像觀衆一樣，坐在觀衆席看就行。不過，眞想不到這麼快就能見到有栖川先生所說的犯罪學教授，只是很抱歉，還讓他從京都專程趕來。」

的確，我曾對他略微提過火村的事。但卻不是吹噓這位副教授以其所謂的實地考察加入警方的犯罪調查現場，協助解開許多事件的眞相。若說谷邑會對他留下印象，一定只是因爲對推理作家和犯罪學家這樣的搭檔覺得有趣。

和火村連絡的人當然是我。谷邑雖然只是因爲我創作有關犯罪的小說而向我求助，但我卻不認爲自己能達成此項任務，所以才找了專家來。通常都是火村問我「我正要趕往事件現場，要來嗎」，但這回卻正好相反。再過不到一個小時，火村應該就會到了，若不趁這段時間詳記事件概況，將無法扼要對火村說明。因此，我準備利用綵排之前的十五分鐘確認幾項基本事實。

「最後見到鴻野摩利是什麼時候？」

「二十一日傍晚。大家在練習結束後一起開會，只有摩利在六點左右說『我今天很累，想先回家了』，然後就離開。我問過所有團員，大家都是同樣的說法。」

「當時沒有什麼奇怪的樣子嗎？」

「沒有。」

「她沒說晚上預定與誰碰面或是打算去哪裡之類？」

「我沒問她。因爲我認爲，既然很累了，應該是想早點回家休息吧！」

「第二天二十二日她就沒來練習了？」

「不、不，」谷邑似有些著慌，「這天並沒有安排練習，演員都放假，只有像我這樣的副導演和道具人員比較忙碌，所以我完全不清楚那天摩利人在哪裡、做什麼事？」

「不知道人在哪裡、做什麼事，結果卻被綁在道具倉庫的椅子上，依對方要脅說『準備妥一千萬圓舊鈔』？」

我捏扁空了的紙杯，丟進垃圾筒，有點擔心谷邑會再問「還要再來一杯嗎」，但是，他只是瞥了一眼手錶後，替自己買了一杯。

「沒錯。不過，那捲錄影帶應該是在晚上拍攝的吧？因爲，白天隨時會有人進出倉庫，不可能趁隙拍攝。」

「道具倉庫就在這劇場附近？」

「不，在大阪市內的扇町。今晚我可以帶你們過去看看。」

應該是非去調查不可吧？或許，隨著事件的發展，他必須先帶警察過去也不一定。

「團長雖然半認定歹徒的目的是爲了破壞公演，但是，你不覺得這樣也很奇怪嗎？除非是非常憎恨這個劇團的人，否則應該不會大膽到綁架女主角吧？嚴重妨礙演出還好，可是若變成綁票監禁，那就是重罪了。你心裡對於會這麼做的個人或團體是否有什麼眉目？」我問。

「這……」谷邑的聲音顯得很沒自信，「我自己是沒有，但是，團長可能會知道，甚至，也有可能是對團長或摩利的私人怨恨。」

後面的化妝間有人出來。我抬頭一看，一位身穿黑色運動外套、黑色長褲的女性朝這邊走來。長睫毛、烏溜溜的眼眸，五官輪廓相當可愛。

「衣服找到了？」她走近時，谷邑問。

她搖搖頭，紮在腦後的馬尾左右大幅晃動。「我請道具組的人幫忙找過，卻到處都找不到，好像沒送到這邊呢！」

「那就麻煩了，馬上就要綵排了……不，這還沒關係，如果趕不及正式演出可就糟糕。」

擔任副導演的谷邑表情凝重，似乎出現了什麼新的困擾。

「宮本說很可能留在扇町，他已經過去看了。只能先不穿戲服地進行綵排了。」說著，她攤開雙手，同時瞄了我一眼，似乎很在意我是什麼人。

谷邑立刻介紹：「這位是有栖川先生，寫推理小說。我一直希望明年我們劇團能推出阿嘉莎・克莉絲蒂的推理劇《捕鼠器》，屆時爲了請他幫我共同撰寫劇本，所以邀他先來看一下我們的劇團。今天這齣戲的主角是開膛手傑克，他應該會感興趣。」

這當然是謊言。鴻野摩利謎樣失蹤、收到勒贖錄影帶的事並未告訴團員們，知道的人只有鳴海、香苗、谷邑以及另外一位姓福本的男性。

她好像對谷邑的話沒多大興趣，只是說：「哦，是嗎？」

感覺上她正在擔心著某件事情，沒心情理會這種事，或許是爲了服裝的事而焦慮吧！

「這位是眞鍋潤子小姐，被挑選出來替代突然行蹤不明的摩利所扮演的角色。」

我們彼此點頭致意。

可能是在意她的聲音裡缺乏活力，谷邑輕快地說：「我會打電話給宮本，萬一搞錯而和其他東西混在一起，也會叫他想辦法。」

「嗯，謝謝。那我先去準備綵排。」

我們目送她馬尾晃搖、逐漸遠去的背影。大概是在無意識中學會的吧？是那種隨時意識著背後有人在看的步行方式。

「她飾演被開膛手傑克殺害的瑪莉嗎？以妓女的角色而言，她的長相太稚嫩了，雖然可愛……」

這是我的第一印象。我不瞭解戲劇內容，應該沒有置喙餘地，可是看過錄影帶中的摩利後，總覺得她給人強烈的存在感，是最恰當的人選，更何況貞鍋潤子頂多才二十出頭，實在是太年輕了。

谷邑也承認這點：「我也認爲由她來演這個角色有點勉強。潤子自己也很清楚這點，曾表示沒有自信，可是團長卻決定『由潤子飾演瑪莉的角色』。潤子推辭過，其他團員也要求團長重新考慮，但是團長都不接納。最可憐的是香苗小姐，她本來以爲自己可以得到瑪莉的角色，想不到被摩利小姐搶走；摩利小姐行蹤不明後，以爲自己絕對能替代她，團長卻又指定潤子，她內心一定非常不滿。雖然她這回的角色是瑪莉的妓女朋友，也有許多發揮的機會，但，畢竟不是主角……再說，她因爲幫忙用文書處理機謄寫劇本，早已背熟瑪莉的台詞了……啊！」

谷邑敲了一下手錶，站起來。是進行綵排的時間了。

我跟著谷邑走向場內。心想：在觀衆席上應該也能低聲交談。

這個時候，我們完全沒想到幾分鐘後會目睹什麼樣的情景。

3

Q空間是座能因應從演唱會至戲劇等各種表演的多元化演藝廳。約有五百個觀衆席，是某報社兩年多前興建落成，外觀看起來還相當新，內部設備也很完善，對演出團體而言，在使用上非常方便。

今晚與明晚的預售票已全部售完。而且由於事前風評極佳，預估當天的門票應該也會銷售一空。

我很瞭解鳴海邦彥無論如何都一定要如期演出的心情。「閣樓的散步間」由鳴海邦彥領導已經五年，在一股小劇場的風潮中逐漸受到矚目，預期明年將能在東京公演。目前正處於關鍵時刻，所以這次的聖誕節公演非常重要。

谷邑和我坐在無人的觀衆席正中央一帶。緞幕猶未拉起。前方坐著團員們，鳴海手拿捲成筒狀的劇本，站在舞台正對面。

「《等待開膛手傑克》是鳴海團長寫的劇本？」我望著鳴海的光頭問。

「是的。到目前為止，我們劇團的劇本都是團長寫的。雖然他曾要我也寫寫看，可是我一直無法完成令自己滿意的作品。」

「這次戲劇的戲名源自薩繆爾・貝克特的作品（譯註：Samuel Beckett，1906～1989，英國劇作家，此作品為《等待果陀》），所以也是和原作同樣無條理的劇情？」

「不，稍具娛樂性，也較容易理解，不能算是心理驚悚劇。」

坦白說，我沒看過貝克特的《等待果陀》，也沒讀過其內容，只知道它是現代戲劇裡首屈一指的名著。在劇中，主角們站立路旁，無止盡地等待著不知何時會來的果陀，可是，直到最後，果陀還是沒有出現，全劇在果陀的眞面目未明之下結束，整齣戲充滿無條理與荒誕。

「《等待開膛手傑克》是以一百多年前的倫敦爲舞台背景，也出現連續殺害妓女的兇手開膛手傑克。故事內容雖與史實嚴重顚倒，卻是一個哀怨的愛情故事。」

開膛手傑克，全世界最有名的殺人魔。一八八八年八月三十一日清晨，霧都倫敦的白教堂區貧民窟發現第一具慘死的屍體，兇手劃開宛如流浪者的可憐妓女的喉嚨後，又殘忍地將屍體開膛剖肚，棄置於石階上。從這一天起的三個月內，同樣的事件連續發生，被害者俱爲年長而醜陋的妓女。行兇手法完全相同，兇手以如同外科醫師般俐落的手法毀壞屍體。被害者據說多達五、六人。

只是這樣就已經非常恐怖了，然而，更讓倫敦市民感到震驚的是，兇手竟寄信給報社發表殺人聲明。在這封預告將繼續行兇的信件最後，有個字跡歪扭的簽名——開膛手傑克。

繼這封信之後，命案再度發生，兇手也寄挑戰信給警方，並附上證明自己是眞兇的被害者部分肉體。儘管反覆遂行如此大膽行爲，傑克仍未被逮捕！到了十一月十日，與之前不同，一位年輕貌美的妓女被精巧地肢解，之後，兇手忽然銷聲匿跡。

「根據史實，被害者瑪莉．珍．凱莉是在接客時慘遭分屍。團長改編這項事實，塑造成典型的愛情故事，亦即，傑克雖然深愛瑪莉，卻不得不將她殺害。當然，現在不太適合解說劇情，既然來了，就好好觀賞吧！」

「開膛手傑克和妓女瑪莉的愛情故事嗎？這麼說，傑克就是男主角囉？飾演瑪莉的鴻野摩利則是女主角？」

「沒錯，這可說是專爲她而寫的劇本。還有，飾演傑克的福本大介也看過摩利的勒贖錄影帶。」之前就聽說有一位姓福本的男性也看過錄影帶，原來他飾演傑克的角色？

「福本怎麼說？」

「他也很擔心摩利。雖然似乎不認爲是以勒贖爲目的的綁票，卻表示摩利一定面臨生命危險。」

就在此時……

「好，開始綵排。燈光轉弱！」

隨著鳴海號令，觀衆席的燈光關掉了八成。現實世界霎時退去，轉爲戲劇的空間。

「音響可以嗎？」將墨鏡擱在額上的鳴海轉身，朝著最後面的房間大聲問。

「一切ＯＫ。」房裡馬上有了回應。

谷邑取出自己的劇本，翻開演員進出場一覽表，確認似地喃喃唸著：「第一幕，妓女巴德莉西雅站在舞台中央」，然後，抬頭輕呼出聲，「啊！」

我心想：怎麼了？

「糟糕，必須打電話給宮本。」

大概是想起瑪莉的戲服吧！他從外套口袋掏出行動電話，按下設定的快速撥號鍵。

「巴德莉西雅，準備好了嗎？」鳴海隔著緞幕向舞台呼叫。

舞台右側立刻傳來香苗的聲音：「等一下！」

鳴海不耐煩似地用劇本拍著自己的大腿。「還不快點！」

「有沙子跑進鞋裡了！好了，ＯＫ。」

似乎終於要開幕了。我注視著舞台。右邊座位的谷邑低著頭正小聲講電話。

「喂、喂，我是谷邑。嗯，馬上要開始綵排了。剛剛見到潤子，她一臉沮喪。瑪莉的戲服有在那邊嗎？」

緞幕迅速往上拉起。

昏暗的舞台上搭著一百多年前的倫敦街景，左後方矗立著高大的黑影。我心想，那是什麼？仔細一看才發現是聖誕樹。應該有五公尺高吧？沒讀過劇本的我並不清楚，到底是街上本來就有這種樹的存在？抑或只是當作登場人物的象徵？

「沒有？」

我也很在意一旁谷邑的電話內容。

「不可能吧！這邊沒有，那邊也找不到，那事情就奇怪了。這可麻煩啦！」

遠處傳來輕微的音樂聲，是大家都很熟悉的聖歌，由合唱團以英語所合唱的「平安夜」。或許是因爲知道接下來即將上演的是殺人故事，美妙的旋律反而帶著強烈的不祥，應該稱得上是完美的搭配吧！

「到底記不記得有帶過來這邊？……不，衣物箱送到了，可是裡面是空的，爲何沒事先確認有沒有在裡面呢？算了……現在講這些也沒用。」

隨著愈來愈響亮的歌聲，妓女巴德莉西雅逐漸抬起臉來，眼神似在凝視遠方的星星，然後，叫著瑪莉的名字。

「我忘不了發生在妳身上的事，妳與……可憐的傑克的事，我永遠也……」

那是似在深深悼念死者的悲痛吶喊。

「怎麼辦？我才想問呢！你想辦法在兩個小時內找到替代的服裝帶過來。像那樣的衣服應該還能找得到。」

「我……」巴德莉西雅的表情轉爲困惑，低頭。

「啊，就看你的了，最好可以趕得上。」

本以爲是演技，可是她的樣子相當奇怪。巴德莉西雅——佐久間香苗——驚訝地凝視著地板，抬起腳跟看著鞋底。

「香苗，怎麼回事？妳在幹什麼？」

她回頭，望向後方的聖誕樹底下，然後慢慢抬起頭來。看樣子已經不是在演戲了。

「什麼？不對，一定要白色才行。」

對於在舞台上抬頭看著聖誕樹、全身動也不動的香苗，我開始覺得事態不尋常了。

「白色的洋裝，白色的！」

鳴海的聲調轉爲不安，叫著：「香苗？」

彷彿尖銳笛聲般的慘叫拖著長長的尾音響徹整個演藝廳，是在這之前，即使在電影中也未曾聽過的慘叫。

香苗雖然又連續叫了兩、三聲，身體仍似被綁住般，抬頭緊盯著聖誕樹。

「喂，開燈！聖誕樹有問題。」鳴海大叫。

燈光組的人雖然立即反應，卻好像慌張過度，並未打開觀衆席的燈，而是讓舞台上方的藍色照明燈全部大亮，舞台呈現一片藍，原本只是黑影的聖誕樹立刻形同矗立海底的大樹。

觀衆席上隨之響起幾聲尖叫，我也倒吸一口冷氣。谷邑手上仍在通話中的手機則掉落地上。

那是會令人忍不住懷疑起自己眼睛的景象。聖誕樹上吊著一位天使——女人——雙眼閉起，神情平靜，但懸垂的四肢卻呈現不自然的僵硬，看起來不像活著的人。她身上的衣服——在燈光照射下略呈藍色，但本來應是純白色——有多處破裂，從破裂處流出的某種液體將衣服多處染上黑色漬痕。

很淒慘。

但是非常唯美。

這……

「谷邑，這……不是劇中的場景吧？」我輕輕發抖地問。

谷邑恍若被吸引過去，視線緊盯在樹上，不住點頭，微張的唇間逸出痛苦的聲音：「瑪莉……摩利她……」

他似乎想說些什麼，卻擠不出聲音。可能因衝擊而麻痺了吧？整個演藝廳一時之間有如墳場般靜寂，連一根針掉在地上的聲音似乎都能聽得一清二楚。

後方傳來開門聲，打破靜寂。

4

我猶豫著不願回頭。雖非真的這麼認爲，但我總覺得此刻開門進來、正俯瞰舞台和整個觀衆席的人，很可能就是從一百多年的漫長夢境中甦醒的開膛手傑克。

幾位坐在觀衆席前方的團員紛紛回頭。沐浴在他們視線中的人發出響亮的腳步聲，從容地走下階梯。是冷靜的步伐！

難道這傢伙沒看到舞台上發生了什麼事嗎？或者已經見到，卻仍如死神般不以爲意？

腳步聲到了我後方幾公尺的時候，我終於回頭，望著闖入者的臉。

「火村……」

是我以爲應該還沒趕到的男人。

穿白色外套的他發現了我，停下腳步，眼神銳利地盯著我：「有栖，那眞的是屍體？」

「不知道，剛剛才開燈。但是，戲裡應該不會出現這樣的東西。」

谷邑更正我的說明：「不，劇中的情節是飾演瑪莉的摩利被傑克殺死後才吊在那棵聖誕樹上，身上穿著天使般的衣服。可是，那是全劇最高潮的場景，不該是剛開始就被吊在樹上……」

「也就是說，屍體出現的時間錯誤？」

雖然劇本中不可能會出現眞正的屍體，但是，火村卻開了個黑色玩笑。

「誰有帶行動電話，快報警！」舞台左方有位身材頎長的男人衝出來，朝著觀衆席大叫。

男人身穿縐巴巴的象牙色外套，同色系的綾織長褲，內搭法蘭絨無領襯衫，看來就像上個世紀的英國勞工打扮。

雖然是這種時候，我還是覺得那樣的打扮和大阪腔實在非常不搭調！

聽到舞台上的男人的話，谷邑慌忙拾起行動電話，撥打一一〇。

男人跑近萎頓在地的佐久間香苗，對著她說些什麼。可能是要她振作一點吧！

谷邑打完電話，站起來大叫：「福本，香苗不要緊嗎？」

福本，他就是福本大介？飾演開膛手傑克的……

「很糟，嚇昏了！誰上來幫我……團長！」

被指名的鳴海爬上舞台。或許是太過驚愕，反而不知如何是好地怔立當場。

幾位年輕團員緊跟著團長也爬上舞台。在衆人攙扶之下，香苗被送入右邊的幕後。只有福本大介留在原地，從正下方仰望樹上的屍體。

火村默默走至舞台前方，走上舞台側邊階梯，面向福本站立。

「你是誰？」

「我姓火村，谷邑先生找我來幫忙調查錄影帶。」

福本頷首，似意味著：原來如此。

「我是福本。你的事我聽團長說過，是研究犯罪的大學副教授吧？很遺憾，你好像來得太遲了，事情演變成最惡劣的結果，再也沒什麼可以讓你幫忙的了。查明是誰幹出這種事是警察的責任，坐視摩利被殺應該由團長負起全責。當然，目前是無法知道他該如何負責。」他恨恨地說道，怒視鳴海退入的右邊緞幕。

看他如此激動，應該是看過錄影帶後主張報警的人吧？氣憤之下，連帶著對火村也產生敵意。

「我希望就近察看鴻野摩利的遺體。」火村走近聖誕樹。

福本非常不悅地說：「看了又如何？又不是讓人參觀的東西。」

「我不知道已經看過幾十樁犯罪的現場了，有能力在警方趕抵前找出是否有會消失的證據，當然也不會非必要地碰觸現場，影響事件的偵查。」

聽了火村自信滿滿的話，福本沉默了，側身讓他過去。

火村邊走邊從口袋取出黑色絹絲手套戴上——他在現場最愛用的東西。

我從座位上站起，和谷邑並肩看著火村在舞台上的現場蒐證。前面座位的團員們也同樣注視著他的動作。

火村並未走到樹下，而是先在緞幕拉起前、香苗站立的位置附近停下來，彎腰蹲下，用沒戴手套的右手食指摸索地板。

籠罩著的霧氣早已消失。

「福本先生。」

「什麼事？」

火村將豎起的右手食指伸向他。「這是演戲用的血漿嗎？」

福本將鼻子湊近火村手指，像狗一般用力聞嗅。「啊……雖然很淡，不過聞起來應該沒錯，沒有血腥味。」

終於知道香苗在發現屍體前爲何不像在演戲，只是一直注意腳邊的理由了。她一定對地板上濺著不該存在的紅色液體感到奇怪，在搜尋它從何而來時，見到了吊在樹上的東西。

火村站起來，終於走到屍體下方，似在哀悼死者般地閉上雙眼。他是無神論者，當然沒有雙手合十或在胸前劃十字。

打扮成妓女瑪莉的鴻野摩利的赤裸蒼白雙腳位於火村眼睛的高度。從衣服破裂處流出的假血漿沿著腳趾滴落地板。副教授睜大雙眼，觸摸其腳踝，可能是在檢查死後的僵硬度吧！接著，他抬頭望著屍體，不久，放開腳踝，後退一步，望向樹的上端。

似乎受到他的視線引導，我也重新觀察這棵樹。這好像不是眞正的冷杉，而且，我首度發現，它忠實地重現了十九世紀的聖誕樹。上面沒有俗氣的金箔或一閃一滅的燈泡，只有蘋果和胡桃之類的果實、胡椒葉、糖果、點亮的蠟燭等紙飾品，樹頂也非金色的星星或彩球，而是站著天使。

屍體似乎是被纏繞在樹幹尖端附近的繩索吊住。乍看之下，摩利的身材瘦削，不過應該也有四十公斤左右吧？能支撐這樣的體重，可見樹木的結構具有相當強度，也可窺知劇中確實打算將她吊起。

火村繞了聖誕樹周圍一圈，似在尋找有無某種證物。

這時，福本開口問他：「教授，知道摩利什麼時候被殺害的嗎？」

「正確時間不知道。」火村一面調查裝有滑輪、用來豎立聖誕樹的的台座，一面回答，「只知道已經死了相當久，可能有兩、三天了吧！」

「兩、三天！這表示……」谷邑呻吟出聲。

鴻野摩利在錄影帶中說「今天是十二月二十二日」，那是兩天前的事。也就是說，歹徒在拍攝好錄影帶之後隨即將她殺害。雖不知其目的是否爲勒贖，反正歹徒絕不打算讓摩利活下來。眞是太殘忍了！

鳴海從舞台右端走出。眞鍋潤子躲藏似地站在他後面。

「是開膛手傑克吧！對不對？摩利一定是被開膛手傑克殺掉的。」潤子像是一隻飽受驚嚇的小白兔。即使這樣，她還是想知道究竟發生了什麼事，所以跟著團長從舞台角落走出。

「絕對不是！」福本口沫飛濺。「怎麼可能是開膛手傑克所爲？絕對不是。這是傑克本人說的，妳必須要相信！」

「冷靜點！」鳴海開口。

「冷靜什麼？太可笑了！」福本衝向團長，以一副準備抓住對方衣領的姿態逼近他。「你不知道自己做了什麼嗎？是你殺死摩利！你從我身邊奪走她還不夠，現在連她的性命也要奪走？說話呀！」

「福本，快住手！」潤子企圖擋在兩人之間，卻被一把推開。

「把摩利還給我，快還我！還我！」他數度用身體衝撞對方。

鳴海低頭，任對方爲所欲爲。

「妳說錯了。」火村開口。

福本停止動作。

副教授對呆楞站著的潤子沉穩地說：「她並非被傑克殺害！摩利小姐是遭人勒殺。」

福本膝蓋彎曲，頹然跪坐，低聲叫著：「摩利……」

後方傳來開門聲。

繼火村登場的第二幕之後，第三幕開演了。

警方已經趕抵。

5

「——但若不付錢，我一定會被殺，求求你們，趕快準備錢。」

噪音畫面。

船曳警部用遙控器關掉開關，嘆息出聲，撫上光溜溜的頭頂。與剃光頭的鳴海不同，這是被部下取綽號爲「海和尚」的警部與生俱來的髮型。油亮光滑的頭、大肚皮和吊帶褲，這三樣是他的註冊商標。火村之前曾多次協助在大阪府警局調查一課擔任警部的他偵辦事件，所以彼此非常熟悉。對我們而言，這次的事件由船曳警部的班底負責誠屬幸運。

現場蒐證過後，船曳一一傳喚團員至練習室接受偵訊。因爲練習室內有椅子和長桌，相當方便。

火村和我也陪同在場。

勒贖錄影帶的事情最初由團長先說明。邊聽他的敘述邊播放錄影帶，等聽完之後，我們又再播了兩次。我之前已看過兩次，所以加起來總共看了五次。不論看幾遍，都是愈看愈令人不舒服的影像。

「兇行或許就在拍完這些畫面之後進行。」

警部與我看法一致。

驗屍後，死亡時刻的推定與火村所推測的一樣，是在二十一日至二十二日之間。

「畫面後方有一綑繩索，應該與將被害者綁在椅子上的繩索相同吧？也算是兇器之一。」

我也很在意這點。不愧是劇團租用的道具倉庫，裡面像垃圾堆般放滿了各種雜物。畫面上到處可見腳架、單輪車、拼貼而成的岩石之類的道具，兇手一定知道裡面有繩索，才會在計畫中予以利用。

「倉庫似乎是在扇町公園附近。我已經派鮫山他們過去了，希望兇手有留下什麼線索。」

火村默默盯著沒有映出任何東西的螢幕。

我想問他，若他在發現屍體前看到這段影片，能知道事情會有這樣的發展嗎？

「只有這麼一點資料，應該很難吧！何況說話的人又是演員。」

果然是這樣。

「就算現在看了也不知道。」

「哦，這怎麼說呢，火村教授？憑這個不是已能證明並非開玩笑或惡作劇嗎？」船曳浮現詫異的表情。

「目前尚無法斷定鴻野摩利究竟抱著何種打算而說出這段話。她也許是打算拍攝惡作劇錄影帶，或是使用於其他戲劇中的錄影帶。而且，她也相信兇手繞至自己背後時，一定會替自己解開繩索。」

這也是非常可能的事。但，假設是這樣，那麼兇手就是在她身邊的劇團團員了。亦即，同一劇團裡的人，不只是一手負責劇本的鳴海，其他團員也能利用適當藉口操控摩利。

「劇團裡藏著兇手嗎？可能性是很大，特別是剛才偵訊的那五人。」

福本大介、佐久間香苗、眞鍋潤子、鳴海邦彥和谷邑康平五人。以摩利爲中心，他們彼此間似乎存在著緊張關係。

根據福本衝向鳴海時所說的話，他似乎怨恨摩利被團長奪走。若男人因感情糾葛而喪失理智，將殺意轉向背叛自己——當事人的感覺——的女性身上是很尋常的事。這麼一來，福本就具有殺害摩利的動機。

鳴海和摩利有了親密關係，可以想見他的情婦香苗一定憎恨著摩利，因爲，對於不忠的男人，女人攻擊的對象通常是第三者。

眞鍋潤子又如何呢？依谷邑等周遭人們的證詞，她從以前就迷戀福本，但福本與摩利的感情公開後，她只好懷恨在心。後來兩人被拆散，她便積極地接近福本，卻被仍一心眷戀摩利的福本拒絕而傷透了心。不僅這樣，她還暗地裡批評摩利「投入我不想要的男人懷抱，眞是無恥」。這是有人——這個傢伙同樣不懷好意——主動告訴警方的話。

這是常見的三角關係，但並未發展出劇烈競爭，敵意也可能會隨時間的流逝而消失，若是平常，應該還不至於動手殺人，不過，我們還是必須抱持懷疑。

香苗則透露，谷邑會憎恨摩利也沒什麼好不可思議的。由於並非很露骨地指出，我很懷疑其可信度。不過，香苗又說「他一向僞善，只看外表是無法知道的」。依她所言，谷邑憎恨摩利的理由是家族仇恨或巨額借款，但究竟是哪一種，她也無法確定。

她還說：「摩利說過對他很反感，任何事情都擺明和他對立，練習時曾罵他是『劇團不需要的人渣』，他拚命寫出來的劇本，送到團長那裡，卻馬上被她從旁批爲『垃圾』，完全沒有獲得採用的機會。由於摩利是劇團台柱，谷邑也只好忍耐。」

這只能認爲是彼此個性不合，不過，也可能因爲積怨已久而殺人。

「除了這四人以外，鳴海團長也處於麻煩的漩渦中。很可能因爲兩人關係破裂打算分手，但摩利拒絕，所以只好動手殺她。」我說出外行人的觀點。

我並沒有明確的根據，但是收到那種錄影帶卻完全不打算報警，總是不免令人懷疑。關於這點，香苗也一樣。另外，一直說要報警的福本和谷邑，也有可能是在演猴戲。

無論如何，我覺得事件背後存在著強烈的憎惡，否則不應在殺人之後還在屍體上恣意切割。

「有栖川先生說得沒錯，團長也很可疑。但是，他好像有不在場證明吧？據說是待在高槻的公寓寫劇本。他自信滿滿地表示，由於那是沒有隱私可言的廉價公寓，管理員和鄰居應該都能爲他做證。而且，從傍晚開始，佐久間香苗就用文書處理機幫忙他謄稿，雖然尚未求證，但應該不是謊言吧！」

這麼說，有嫌疑的還是前述四人嗎？不，除非確定不在場證明，否則不能將鳴海排除在外。

「不論如何，這眞是一樁奇妙的事件。」火村叼著駱駝牌香菸，面朝一無所有的牆壁開始說話，「綁架鴻野摩利、拍攝勒贖錄影帶的理由還不清楚。但若眞是企圖勒贖，至少該讓對方認爲，在今晚七點的期限之前，人質會平安無事。可是，兇手卻將她的屍體吊在聖誕樹上！如果是塞在廁所的清潔用具儲藏室內被發現，對兇手來說，還算是個意料之外的發展，但是吊在樹上，只能認爲是兇手希望讓衆人目睹才這麼做。以兇手的行動而言，這根本相互矛盾，這麼做絕對無法拿到贖金。」

沒錯，正是這樣。

「我也覺得奇怪。」

「對吧？兇手總不可能是連這點都沒考慮到的笨蛋。」

「這麼說，兇手的目的並非勒贖？」

「那也不對。雖然讓屍體在綵排時被發現，等於宣告綁架鴻野摩利的目的不是爲了勒贖，可是，這樣應該就沒必要拍攝錄影帶，讓人質一開始就要求『準備現金』。究竟爲什麼要拍錄影帶呢？」

「會不會是這樣？既然送來那種錄影帶，表示兇手還是想要錢，而且也盡可能在拿到贖金之前不讓屍體被發現，但是，因爲發生某種意外……」船曳說。

他沒辦法接下去了。可能是想像不出，打算隱藏的屍體卻又吊在樹上的所謂意外到底是什麼吧！畢竟，能想到的狀況是超越推理小說，只存在於鬧劇的世界裡。

「不能認為製作且送來錄影帶的，與將屍體吊在樹上的是不同人嗎？」我想到了這點。至於兩者之間有什麼樣的關連，甚或毫無關連，我並不知道。

「與複數人物有關的可能性確實存在。」火村的聲音完全沒有抑揚頓挫。「兇手的目的在勒贖，而，有誰想從中阻礙。若真是這樣，只要把屍體放在某個較容易被發現的地方就行，但是吊在樹上，這可不像彈響手指那麼簡單。」

「不過，應該也沒有外表看起來那般困難。這齣戲本就預定在最後將女主角吊在樹上，所以天花板應該事先就垂掛了吊人用的結實繩索。另外，女主角服裝的兩邊肩膀也預先做了處理，以便能承受被吊起的重量，兇手只是就這些加以利用而已。話雖如此，還得使用腳架或墊腳台才能將屍體掛在繩索上，這應該很費工夫。」船曳說。

舞台後面多得是能當墊腳台的東西，可是要站在上面抱起摩利的屍體仍需有相當的臂力，如此一來，佐久間香苗和眞鍋潤子行兇的可能性就小多了。

重點是，屍體是何時被吊在樹上？但，關於這點還不是很清楚。上午十點左右，谷邑和道具組人員檢查聖誕樹的裝飾時並未發現異狀。從綵排開始前的約莫一小時，舞台兩側隨時有人進出，在這個時間帶——下午一點半至兩點半——之間，屍體也不可能被吊上。換句話說，屍體被吊在樹上的時間是在上午十點至下午一點半之間。關係人們一致認為，這段時間帶內，舞台附近並無人接近。

「兇手用尖刀之類的東西將屍體切割了七、八處的意義也令人難懂。」火村蹙眉，捻熄菸屁股。

「不能解釋爲兇手強烈憎恨的表現嗎？」我問。

「以切割的舉止而論，是可以這麼認爲。但是傷口大多很淺，感覺上只是刻意做個樣子，而且並非在殺人後的激情下所爲，很明顯是在死亡後經過幾十個小時，屍體的血液凝結時才動手的。再說，若是因兇手的憎恨爆發而在屍體上恣意切割，也不應在衣服內側備妥戲劇用的血漿。」

還有血漿的問題。

依警方調查，兇手是將血漿裝入小塑膠袋內，貼附於屍體衣服內側，然後極可能是在綵排前——到底多久不清楚——在其上刺個小洞，以便讓液體流出，或許是想增加屍體的淒美感吧！這實在是無法用常識分析的心理。

「可以確定這不是普通的殺人事件。」警部看了一眼手錶。「我要去現場看看，然後找劇團的人陪我到道具倉庫。」

6

警部離開後，火村拿起遙控器，似乎打算再看一次錄影帶。

我去上洗手間。

從走廊盡頭的廁所回來，經過化妝間前面時，忽然聽見女人的談話聲。可能因爲周遭一片靜寂，聲音才會從緊閉的房門裡清晰傳出。我很自然地停下腳步，凝神靜聽。

「所以，請妳不要再說什麼成爲開膛手傑克的活祭品之類的蠢話，眞令人心煩！別以爲像小女孩那樣表現害怕的可憐樣，警察就會同情妳。撒嬌是沒用的。」

「我不是……我是眞的很害怕。因爲被指定代演摩利小姐的角色，我變成瑪莉。所以感覺上穿著瑪莉衣服被殺害的摩利小姐是代我而死。」

「別亂說了！如果是妳被殺害後吊在樹上，我會同情妳，並哀悼『啊，潤子眞可憐，代替摩利而死』，可是，本來就演瑪莉的摩利打扮成瑪莉的模樣而被殺害，表示她根本就不是代替妳死亡，不是嗎？兇手一定是在我們身邊的某個人，這傢伙並非針對妓女瑪莉，而是憎恨鴻野摩利才殺害她。」

是香苗與潤子兩人。香苗好像很不耐煩，潤子則不再回答。室內響起擦亮打火機的聲音。

「這回的演出從一開始就很奇怪，疑雲重重。首先，劇本直到排練的前兩天才完成決定稿，這已經是前所未見；然後是大型道具出錯，聖誕樹無法立起來；本以爲劇本完成了，女主角卻又緊接著失蹤，急忙找人代演時，那個人又講出奇怪的話。」

所謂奇怪的話應該是指定潤子代演，而非自己吧？

「我說過『我無法飾演瑪莉的角色，請讓香苗小姐代演』，可是團長不聽，堅持說『妳這樣算是演員嗎？絕對要好好演出』。」

「『請讓香苗小姐代演』？眞是謝謝妳的推薦，我感激得眼淚都快流出來了。」

「如果妳聽起來覺得我很失禮，我道歉。包括我在內，所有的團員都認爲，以實力和資歷來說，香苗小姐是最適合的代演人選，所以即使團長叫我好好演出，我還是覺得無法勝任。我眞的感到很不可思議，團長爲什麼不找香苗小姐代演呢？」

「我問過他了，他說『妳陷入巴德莉西雅的角色太深，無法扮演其他角色』。那根本是騙人的，他眞正的意思是『我並非以妳爲原型塑造瑪莉的角色』。」

「可是、可是，我也一樣啊！我愈讀劇本愈覺得瑪莉一角是爲摩利小姐而寫的，實在太明顯了，我背熟劇本之後，愈是練習愈失去信心，連到了要綵排之前，都憂鬱得吃不下飯！」

「等一下！我們現在有一項見解一致，那就是只有摩利能演出瑪莉的角色。《等待開膛手傑克》是爲摩利而寫的戲，所以從她失蹤的那時候起，公演就註定無法進行了。這都是因爲那個人的腦子裡只有摩利，事情才會變成這樣。這半年多以來，不論喜劇或悲劇，全都是爲摩利而寫，照這樣下去，我很擔心我們劇團眼看就要脫離困境，卻又急速沉淪……或許，這個擔心已成爲了事實。」

出現了一陣子沉默。

不久，潤子開口：「我……我也同樣擔心。而且，在失去摩利小姐的現在，我們劇團會變成什麼樣呢？」

「不知道。」

談話中斷，似乎有人要走出來，我慌忙移動步伐。

香苗和潤子好像認爲鴻野摩利的存在對劇團而言是一種災禍，但是，這或許只是因爲摩利是她們共同的情敵才會產生這樣的觀點，因此，似乎還應仔細問過男性團員才能確定。

我回到練習室時，火村正叼著菸、閱讀已停止演出的劇本。他的眉頭緊皺，恰似嚴苛的編輯正校閱新進作家的原稿。

我想起谷邑說過，《等待開膛手傑克》是瑪莉和傑克的愛情故事，於是忍不住想知道究竟是什麼樣的內容。我問火村是否還有另一冊劇本，但很遺憾，答案是沒有。

火村好像全神投入劇本中，連菸灰掉在膝蓋上也未發覺。不久，他低聲漫哼，將劇本置於桌上。我正想拿起時，船曳進來表示福本要親自開車帶我們前往道具倉庫。雖然在車上應該沒辦法讀劇本，我仍隨手放入側背包內。

福本滿臉倦容，在停車場的 Corolla 車中等待。警部坐上前座，火村和我進入後座後，他隨即一句話也不說便讓車子前行。或許不只是一場大騷亂帶來的疲困，再加上失去摩利的衝擊，導致他體內的神魂也喪失不少吧！

「摩利是在倉庫被人殺害的嗎？」上了新御堂筋的高架道路後不久，福本問警部。

「目前無法確定，不過，是有那種可能。」

「聽說是拍完錄影帶後就遭殺害，但是，是什麼時候、又如何將屍體搬運至演藝廳？」

這項疑問已經有了結果。

「在衣物箱內採集到被害者的毛髮和其他證物。兇手將屍體放入衣物箱裡，年輕的團員在不知情的情況下，於昨夜搬運至Q空間。負責搬運的團員說『雖然因爲相當重而覺得奇怪，但只以爲是連小道具也一起放進裡面』。再加上是這種季節，屍體並未散發異臭，就算打開箱蓋，若沒有掀起戲服，還是不會發現異狀。」

我打岔：「谷邑說二十二日沒有練習，只有副導演和道具組人員最忙碌。不過，在倉庫裡有作業進行嗎？」

「好像在修補道具，另外，還聽說自別處搬入訂做的聖誕樹。話雖如此，倉庫裡的工作也只有在上午進行，下午開始，全員都聚集在Q空間和舞台組討論演出事宜。兇手可能熟知預定行程，才趁著夜晚在倉庫攝影。」

「鳴海先生的劇本好像是到二十二日才完成，勉強趕上綵排。」

雖然那是香苗和潤子閒聊的話題，我仍頗爲在意。

「當然在那之前已先完成了預定稿，大家都照著預定稿練習。不過，這回的決定稿似乎很難產，如你所說，在二十二日才完成。那天傍晚，香苗小姐在高槻的公寓幫忙用文書處理機謄稿，我們到昨天早上才拿到正式劇本。所以昨天大家都練習得叫苦連天。」

一列白色列車駛過與道路平行的北大阪快車的高架鐵道，明亮的車窗內可見到面無表情地拉著吊環、如玩偶般站立的乘客。前方是高樓林立的梅田。

我想起今晚是聖誕夜。裝飾在百貨公司外牆的聖誕老人或聖誕樹上的霓虹燈或許正閃爍不停，擁有空中庭園的摩天大樓窗戶大概也利用燈光描繪了聖誕節的華麗景象，而且，擠滿趕著回家的人群與挽著手的情侶們的馬路上，應該也流瀉著聖誕歌曲吧！可是，我們卻必須絞盡腦汁地狩獵殺人兇手。

「我已經讀過《等待開膛手傑克》。」火村說。

福本好像沒多大興趣：「覺得如何？」

「雖然對海報上煽情字眼『超越百年時空，開膛手傑克甦醒』不得不苦笑，但是，的確是很有趣的故事。開膛手傑克和妓女瑪莉的愛情雖是過度誇張，結局卻令人感動。」

「到底是什麼樣的內容？」我問。

福本開始滔滔說明。開膛手傑克是醫學院學生，過著自甘墮落的生活，終於淪落至貧民窟，並受到內心深處的衝動驅使，幹盡一切壞事，產生了瘋狂的念頭，認爲殺人乃是自己活著的使命。他藉著多次殘殺老醜的妓女而獲得喜悅，但是，接下來卻發生令他意想不到的事，亦即，他深深地愛上了美麗清純的妓女瑪莉。對於將靈魂賣給惡魔、走上殺人魔之路的他來說，愛情並非幸福，而是如被罪孽之火焚燒、受毒雨沖刷般的痛苦，不斷苦思之餘，爲了找回殺人魔的自己，他決定親手殺掉瑪莉，將她吊在街頭的聖誕樹上。但是，在遂行計畫之後，他卻感受到失去愛人的深刻悲傷，同時在知道瑪莉曾爲與惡魔訂下契約的自己禱告後更是哀慟欲絕，如野獸般嘶吼著消失於迷霧之中，從此再也沒有出現過。

「我認爲這是一齣好戲。」福本似乎避免再談及其他。

抵達位於扇町公園附近的出租倉庫。在進入前，先確認保管鑰匙的人是誰，卻發現有好幾支備用鑰匙，只要是團員皆能自由進出。

「閣樓的散步間」租用的是大約十坪、像小學體育器材室般大小的空間。如錄影帶中所見，裡面堆滿雜物。現在是還好，如果「等待開膛手傑克」的道具全送回來，可能整個倉庫都會被堆滿。

「喂，怎麼樣？」警部問先行趕來的鮫山副警部和鑑識課員。

額頭寬闊、戴銀框眼鏡、有學者風貌——比火村更像——的鮫山，簡要地說明已查到的事情。綁住鴻野摩利的椅子和繩索就不用說了，連用來當作兇器的繩索都是倉庫裡原有的東西，就算找到其出處，也難以追查兇手身分。

「這裡果然就是現場……有沒有被害者反抗的痕跡？」

「請看這邊，有椅腳擦過地板的刮痕，可能是被害者被綁在椅子上，並被勒住掙扎的痕跡。」

「地板上的擦痕不是以前就有的吧？」警部問。

福本回答：「是的。」

火村接著問：「錄影帶中，摩利小姐的下顎有擦傷，你最後見到她時，有發現這樣的傷痕嗎？」

「沒有！」福本肯定地回答，「那應該是被綁架時留下的吧？」

火村緊接著問：「她在二十一日傍晚六點離開後，你們開會開到什麼時候？」

「開到十點左右結束。然後爲了轉換情緒，大家搬出卡拉ＯＫ，像白痴般一直唱到快天亮。」

「當時團長也在一起？」

「開會的時候是在一起，不過並未陪我們唱卡拉ＯＫ。那天晚上他應該是專注地在修改劇本。」

「在沒有隱私可言的公寓？」

「是的……啊，不對，二十一日晚上，他好像拚死也要完成劇本，住進了梅田的商務飯店。」

「這麼說來，他沒有不在場證明囉？」

我們無法瞭解火村話中的意思。

「二十一日的不在場證明是怎麼回事？鴻野摩利或許是二十一日遭人綁架，但是，拍攝錄影帶和遭人殺害是在二十二日晚上。」

「警部，你錯了。的確，被害者在錄影帶中是說『今天是十二月二十二日』，但那可能是被強迫說謊，實際上錄影帶是在二十一日拍攝。」

「我並未完全相信所謂『二十二日』的說辭，可是……」

二十一日下午六點以後就沒人見過她，所以錄影帶的確有可能是在當天晚上拍攝，但是，能如此斷言的根據……

「當然有。有栖，你坐在那邊。」副教授說著，指向摩利坐過的椅子。

7

我們回到Q空間已接近晚上七點。問了練習室裡的谷邑他們鳴海在什麼地方，他們回答說應該在演藝廳。

「找團長有什麼事？」香苗懷疑地問。

「沒什麼，只是有一點小事。」警部含糊回答。

不過，火村反而問了對方幾個問題。首先是他們二十一日的行動，然後是劇團目前面臨的危機。至於答案是否令火村滿意，我無從得知。

到了演藝廳一看，無人的觀衆席正中央可見到鳴海的光頭。他凝視著昏暗的舞台，整個人像是已經虛脫。矗立在舞台上的聖誕樹就像遠古時代神秘的石碑。

「鳴海先生。」火村的聲音在演藝廳中迴盪。

男人回頭。我們走下階梯。

「有人能證明你二十一日晚上完全未離開飯店嗎？」火村的聲音有如鋼鐵般冰冷。

鳴海只回答：「沒有。」

「其他團員開完會後一起唱卡拉ＯＫ，至天快亮才各自離開，所以當天晚上沒有不在場證明的只有你一個人。」

本來預料他會反駁：摩利不是二十二日晚上遇害的嗎？但是，他卻沉默不語。

火村朝他剃得光禿的後腦勺繼續說：「命案是發生於二十一日晚上。錄影帶中，摩利小姐所說的日期並不是眞的。」

火村走到鳴海身旁。警部和我站在不遠的後方看著。在觀衆席的最後面，站立一臉擔心的谷邑、香苗、潤子與福本。

「這件事看過道具倉庫就會知道了。聖誕樹在二十二日上午搬入倉庫，你可能沒看過聖誕樹搬入後的情形，所以才會出錯吧？二十二日晚上，已經被搬入的聖誕樹塞滿的倉庫根本不可能拍攝那樣的錄影帶，因爲，完全沒有拍攝者站立的空間。」

鳴海動也不動。

「如果只有摩利小姐的臉部特寫可能還無法判斷，但你卻拍了她的全身。要從頭部拍到腳尖，最少要有幾公尺的距離，兇手總不可能先將聖誕樹搬出去後再拍攝，所以拍攝錄影帶的日期應該是搬入聖誕樹的二十二日以前。不過，只憑這樣還不能斷定拍攝日期是二十一日，因爲也可能有誰表示『我想製作惡作劇的錄影帶，請妳幫忙』，而在二十日以前獲得摩利小姐自願協助拍攝。」

但是，火村確信拍攝日期是二十一日。

「關鍵在於，錄影帶裡，在她下顎的擦傷。我問過福本和其他團員，大家都說『最後見到摩利小姐時，並沒發現那種傷痕』。這麼一來，拍攝日期就是在二十一日傍晚六點到二十二日早上之間了。再者，與她有深入關係的團員中，在這個時間帶沒有不在場證明的只有未一起唱卡拉ＯＫ的你。你有什麼話想說嗎？」

鳴海舉起右手摘下墨鏡，將它放入胸前口袋，回答：「沒有。但是，不能因爲沒有不在場證明就把我當兇手吧！而且我並沒有殺害摩利的動機。殺死她以後又吊在樹上、殘忍地切割她全身的動機，或做出讓自己苦心完成的戲劇無法演出的愚蠢行爲的動機——你認爲我的動機是什麼？」

這是極端冷靜、有效的反問。

「我不知道。」

火村的回答似乎令鳴海感到驚訝。「不知道？」

「沒錯，我只能想像。」

「那麼，請說出你的想像。」

很難得的，火村顯得有點猶豫。「我讀過你寫的《等待開膛手傑克》，劇本中的傑克或許正象徵著你自己。你爲摩利著迷，卻因此而即將失去自我，爲了挽回，所以將她殺害。」

「太抽象了，我無法理解。」

「我聽說之前一直順利成長的劇團現在正面臨微妙的危機，亦即，你所有的劇本完全是爲摩利小姐而寫。」

「為台柱演員編寫劇本乃是理所當然，不行嗎？」

火村並未回答是或不是。

「團員中可能會有人不服氣，不過，這是你的劇團，你只要不予理會即可，如果觀眾支持，誰都沒辦法抱怨。可是，眞的是這樣嗎？無論寫什麼，最終都變成專屬於摩利小姐的作品，最感困惑和苦惱的人應該還是你自己吧？你沒辦法隨心所欲地創作，因此，在無法承受這樣的痛苦之下，你為了自己，只好將她殺死。」

「你的意思是『為了回復自我的儀式而殺人』嗎？這想像未免太過通俗又低級，我還以為你是何等高明的教授，原來不過如此。你想想，有哪個男人會因為這種事殺害自己心愛的女人並將她吊在樹上？」

「在你的劇本中就有。戲裡的傑克和你的不同只在於，他並未刻意安排不在場證明。」

鳴海的態度遽變。「別耍嘴皮子了，你難道無法分辨虛構的現實與眞實嗎？看樣子，你是幼稚地將這齣作品解釋為呈現我的孤獨與內在的暴力渴望。哼！你若不是低能，就是比猴子高明不了多少。聽說你是個社會學家，但是，別說戲劇了，可能連小說或電影都完全沒接觸過吧？沒什麼好談的了，快滾開。我是藉著戲劇表現自己，不是那種必須靠殺人才能實現自我的泥人般脆弱存在。」

「若是這樣，你為何如此激動？」火村毫不示弱地大叫。「利用錄影帶捏造粗糙的不在場證明又是為什麼？難道讓它被拆穿而使事件發展到最高潮也是你的計畫？我覺得自己簡直像是被你的演出所操控。」

鳴海不予理會地站起身。「無聊！我爲了自己殺害摩利？別侮辱我！我不是爲了這個。」

「那可難說！至少，你在拍攝錄影帶時是一心一意地企圖製造不在場證明。直到殺害摩利小姐之後，望著她的屍體才興起別的想法。那是強烈到令你忘記殺人計畫會出現破綻、充滿矛盾、無法形容的衝動，也是你想讓她在舞台上有完美演出的悲痛執著。你因爲眞心深愛她而苦惱得不知如何是好，這種苦惱到達什麼程度我並不瞭解，但是，我很清楚你已被『爲了愛自己所愛的女人只好殺死她』的劇情所吞噬——你的精神已經錯亂了。」

鳴海笑了。「沒錯，我是爲了愛她而殺她。教授，我只能這麼做！」

「既然發覺了自我的分裂，那就應該趕快清醒，現在的你並不正常。」

「閉嘴！」

「你想起來了吧？你其實是爲了自己而殺人。爲了要求鴻野摩利、要求世人依你的劇本行動的怯懦且醜陋的自己。」

「我說過叫你閉嘴了！」

見到鳴海從懷中取出東西，我大吃一驚。那是一把閃閃發亮的鋒利尖刀。

「喂，把那種東西收起來！」船曳勇敢地向前。

但是，鳴海跨過前排的座椅，跳到走道，直接跑向舞台。

「為我自己而殺人？錯了，不是那樣！」

「站住！」火村緊追在他身後。

鳴海翩然跳上舞台，回頭望著觀衆席，朝火村揮動刀子大叫：「別過來！」

「冷靜點！你知道自己是誰？正在做什麼嗎？」

「當然囉，自作聰明的教授。已經快七點了，我的戲馬上就要上演，雖然觀衆席上只有這幾個人是有點遺憾……」

「冷靜下來！鳴海、鳴海邦彥。」火村不斷叫喊他的名字，彷彿想將他拉回現實世界。

但是，火村的聲音不知是否有傳入他耳中。

他怒叫著「不要動」，並連連後退，等退至還殘留著血漿的聖誕樹前，他換手持刀，脫掉外套，敞開的白襯衫內可見呼吸急促、起伏劇烈的胸膛。

「鳴海，開幕鈴沒有響起，快放下刀子。」

眼中凝聚著瘋狂的男人恍惚地望向觀衆席。「鈴響了，是你沒有聽見。開幕啦！」

他舉高握刀的右手。

火村跳上舞台。

「我愛妳，眞心愛妳！」

「住手！」

火村屈身打算撲向前的瞬間，鋒利的刀尖已刺入鳴海左胸。

鮮血飛濺，他竭力嘶吼著——

「Ｍａｒｙ！」

那是完全不同人的聲音。不像日本人的口音令我戰慄——那不是鳴海邦彥的聲音，聽起來彷彿是開膛手傑克臨死之前的痛苦吶喊。

團員們一同發出尖叫。

鳴海握住從胸口拔出的刀子，頹然萎倒在地。

身上被鮮血濺滿的火村蹲在他身旁。「振作點！可惡，沒救了嗎？鳴海！」

我們楞在當場，只能凝視著舞台，無法動彈。

從鳴海伸向虛空中的手上，刀子——應該也是切割摩利遺體的同一把刀子——掉落地上，彈跳幾下，靜止。

鳴海似乎還有最後一口氣，微弱呻吟出聲。

「和瑪莉一起死亡，祈求聖誕夜的慈悲。」火村拉住鳴海滿是鮮血的手，在他耳畔低聲說。

聖誕樹上的天使靜靜地看著他被與聖母——ST. Mary——同名的妓女靈魂擁抱昇天。

——閉幕——

笑月

「小時候，我害怕月亮。」我抬頭望著浮在海面上方、黃昏天際的上弦月，淡淡說道。

「咦？月亮怎麼了？」他低著頭，一面裝底片，一面問。

不愧是對攝影有興趣，似乎是相當高級的相機。

「我害怕月亮！非常討厭。」

「眞是奇怪的人！那種東西又不會咬人。」他噗嗤笑出聲來。好似對於突然說出那種話的我感到訝異。「妳該不會是迷信所謂沐浴在月光下，頭腦會變得不正常吧？」

我搖頭，走向沙灘。

他遲疑一下，跟在我後面。

「妳說小時候，是幾歲的事？」

「應該是四歲到十歲之間吧？」

「可能是感受過於敏銳吧？雖然我無法理解。」

「不是那樣！我……是個奇怪的女孩。」

「沒聽說過有什麼懼月症。啊，不過，舍弟好像也有那樣的傾向。記得有一次去看煙火大會，深夜一起回家時，我說『你看，月亮緊跟著我們呢！不管走到哪裡，它都跟在我們頭頂斜上方』，他害怕得差點哭出來。我是覺得好玩才這麼說，但……當然，那傢伙只在上幼稚園前才會害怕這種事。」

我走到浪腳處，停住。

他來到我身邊，與我並肩站立，近得我的頭髮都能感覺到他的呼吸。男性的體味混雜在海水的味道中。從高中集訓那時起，我就憧憬著他的這種味道，但是，雖然憧憬，我也只是遠遠地看著他。

「我可以瞭解令弟害怕的心情喔！我晚上開車或搭電車時，也很厭惡月亮永遠緊跟著，並不認爲有趣。」

「眞是奇妙，居然會有害怕月亮的孩子。那麼，現在對月亮的感覺呢？」

我脫下鞋子，讓赤足浸於海水中。從遠方持續湧來的浪潮也是由月亮的力量所造成。一想到此，我覺得自己似乎又開始害怕了。

「我還是沒辦法喜歡月亮。」

「是嗎？我特別喜歡有缺陷的弦月，邊眺望著它，邊想著那漆黑的部分並不是消失，而是地球的影子覆蓋其上，就會產生心胸開闊的感覺。那是人類所能看到的最大影子！」

「眺望弦月會有心胸開闊的感覺？這是個人觀點吧？」

「任何事物都可以從各種角度來看的。」

徐緩的海風吹過髮梢，是殘留著白日暑熱的暖風。兩人的T恤衣襬如旗子般翻飛。

「好，趁日落前在這附近拍攝。首先是妳的獨照，然後是我們的合照。」他說著，指示我站立的位置。

我背對大海，拿著鞋子面向他。

「來，笑一個！」他拿起相機。

※

小時候，我害怕月亮。

對於高掛在黃昏的天空、星星閃爍的天空、拂曉的天空中的月亮，我都會害怕，雙親常說這樣的我「眞是個奇怪的孩子」，很擔心我是不是患有某種精神方面的疾病。實際上，對才十歲左右的孩子來說，這並不好笑……

「妳說說看，希美，妳怕月亮的什麼呢？它那樣漂亮，不是嗎？」母親問。

單純的母親無法理解，就是因爲美麗與恐怖能同時並存才可怕！

我也曾覺得月亮美麗，覺得好像是夢世界開著的一扇窗戶，凝視之時，全身彷彿被吸入一般。但是，那不過是月亮具有非比尋常魔力的證據，其美麗更加深了我的恐懼。

「不要理她，很快就會痊癒了，反正從未見過會說月亮很可怕的大人。」父親說著，好像很自以爲是地微笑。

我也希望能這樣，希望內心無窮的痛苦可以隨著成長而淡薄，終有一天獲得解放。

晴朗的夜晚，我會把房裡的窗簾緊緊拉上，如胎兒般屈膝縮在床上，面向牆壁睡覺。就算這樣做了，但只要一意識到明亮的月光正照射在屋頂上時，我便開始不安，甚至感到呼吸困難，很想至雙親的臥房求救。

月亮正在看我！

在我腦海深植月亮有陰森視線印象的人是在我讀幼稚園之前逝世的祖母。臉孔圓胖如滿月的祖母外表看來慈祥，其實非常嚴厲：一旦我拿筷子的姿勢錯誤，馬上伸手打我手背；我一說出從電視上學來的粗俗話，隨即用力擰我臉頰。

大約在祖母去世前一個月，我被痛罵了一頓，因爲我偷拿母親忘在桌上的一百圓銅板被發現。我不是想買什麼東西，只是單純地想惡作劇。祖母應該也知道這點，她是氣我的撒謊。

「奶奶，您不要亂講，我根本不知道什麼一百圓。」我不過是想嘗試一下什麼叫撒謊、什麼叫演技，所以才出於惡作劇的心態回答。

祖母眼角上吊，手伸進我的裙子口袋，找到了一百圓銅板：「這是什麼？」

我無法解釋。她在我兩頰打了好幾巴掌。我步履踉蹌，差點摔倒在地。

「妳說謊想騙奶奶？我們家不要這樣的孩子，滾出去。」

我呆住，忘了哭泣，抬頭望著表情有如厲鬼的祖母，用幾乎聽不見的聲音道歉：「對不起，我知道錯了。」

「知道錯了嗎，希美？」

「我不會再犯錯了。」

「什麼錯？」

「偷錢、說謊。」

祖母的教導雖然嚴厲，卻不像母親那樣嘮叨。所以當我率直道歉後，她的表情立刻緩和下來，我看了安下心，開始嚎啕痛哭。

「奶奶，您認爲希美是會偷錢的孩子嗎？所以才馬上知道我的口袋裡有一百圓銅板？」我忍不住問用毛巾替我擦眼淚的祖母。做了壞事而挨罵是理所當然，但是被祖母毫不猶豫地認定是小偷，我還是覺得很難過。

祖母微笑：「不是的，奶奶並不這麼認爲。是有人告訴奶奶『希美做了像壞孩子般的行爲』，所以嚇了一跳。」

她摟著我的肩膀走到窗邊，指著天空。新月昇上了隔壁屋頂，是弓似的弦月。

「是月亮看到，偷偷告訴奶奶的。月亮在高高的天空上完全看見了妳所做的事喔！」

毫不懷疑聖誕老人存在的我，仰臉望著弦月，就這樣信了祖母的話。因爲，除此之外無法說明祖母剛才那樣充滿確信的態度。

「沒有任何事能瞞得過月亮喔！」

一個月後，祖母因腦栓塞突然去世。我不清楚自己是否悲傷，只鮮明記得，守靈夜當晚的月光特別明亮，好像月亮代替祖母正看著我。但我卻不認爲月亮在守護我，只覺得它在說：就算妳的祖母不在了，我還是會在這裡監視著妳。

祖母所說的「沒有任何事能瞞得過月亮」這句話成爲年幼的我一輩子的詛咒。

※

如他所預料的，刑警出現在我面前，如電視劇一樣，兩人搭檔。

意外的是，他們並未事先通知就到我打工的場所，先是託稱「想確認客戶的住址和電話號碼」，之後突然表明警察身分說要見我。

進入會客室，刑警們正頻頻拭汗。看樣子，室外溫度大概已上升至三十三度左右了吧！

「抱歉，百忙中前來打擾。」收好手帕，一臉學者模樣、自稱鮫山的中年刑警很客氣地打招呼。

既然會特地到我工作的地方，又說有事想問，客氣是當然。我忽然產生了想捉弄對方的念頭。

「聽上司說『會客室有警察想見妳』時，我很驚訝。尤其上司又好像很感興趣地問『山下小姐，妳是否捲入什麼麻煩事』，我覺得很困擾。」

鮫山刑警再次道歉：「實在是情非得已，眞的非常抱歉。」

一旁自稱森下的刑警也不住點頭。那是應該與我相差不了幾歲的年輕刑警。可能是受過良好教育的少爺，也可能是只會追逐流行的笨蛋，雖然隸屬調查一課這種粗俗的地方，卻穿義大利名牌西裝，而且又長得一副學生樣。我忍不住想：這樣優雅的男人，眞的能調查殺人事件嗎？

「嗯，既然有這個必要，那也是不得已。」見到兩位大男人都如此誠懇，我決定原諒他們。

「老實說，我也正想休息一下呢！反正稍微離開工作崗位並不會直接影響到別人，沒關係的。」

「負責接聽電話購物的電話，精神一定會很疲累吧？」鮫山用不帶感情的聲音說道，「妳是從什麼時候開始這份打工？」

這一定是閒聊，和事件毫無關係，因爲，我與那樁殺人事件無關。

「大約兩個月前吧！平常一個星期只工作兩天，現在因爲是暑假，除了週末以外，我每天都要上班。跟工作的疲累比起來，時薪相對地少，想奢侈點都不行。」

他們或許會有「以二十一歲的女大學生來說，這個女孩子未免過於鎮定」的印象，畢竟，連我都很意外自己居然能如此沉著冷靜。

「我們就不要浪費時間在閒聊上了。」鮫山扶正眼鏡，進入正題，「妳認識竹田京兒嗎？」

「認識。」

「是什麼樣的關係？」

「他是我高中時代的學長，我們都參加網球社團。」

「是從那時起就很親密的男女朋友？」

可能是知道我與他現在的關係才這樣問吧？但是，事實並非如此。

「不，不是那樣，他當時已經有女朋友了。我與他開始交往是在今年春天我回國以後的事，雖說是交往，但也不是情侶關係，只是每個月一起看個一、兩場電影，吃個飯而已。我曾靠著交換學生的方案至澳洲留學一年。」

「竹田告訴過我們了，我們剛剛才見過他。」

「既然這樣，你們應該也聽他說過了吧？我是半年前與因公前往雪梨洽商的他在異國偶遇。當時他與工作夥伴在一起，所以只說了聲『想不到會在這裡碰面，太令人驚訝了』，彼此留下連絡方式就分手。三月底，我回日本後便打電話給他，兩人才開始陸續見過幾次面。」

刑警們邊點頭邊聽。森下刑警似乎負責記錄。

我忽然想到還沒問對方的來意。

「請問，是他惹出什麼事情了嗎？」

「不，不是的，請別太過擔心。只是要確認是否與某樁事件有關連。」

「可是，聽起來像是非常讓人擔心的狀況呢！」我刻意讓表情黯鬱，淡淡問道：「到底是什麼樣的事件呢？」

對方說是在雪梨傑克遜灣被發現的日本貿易商被害事件，我故意驚呼出聲：「啊！是電視和報紙競相報導的那件事？好像是頭部遭人毆擊殺害後，棄屍海中，但是因為綁在屍體上的重錘脫落而浮出海面。雖然是發生在雪梨的事件，但因為被害者是大阪人，所以大阪府警局也在調查？」

「當然，不過管轄權是歸當地警方，而且對方也要求協助調查。畢竟被害者並非定居在雪梨，只是長期停留，在日本的交友關係等許多事情必須由日本方面調查後告知對方。」

「竹田因爲與被害者有往來，因此需要接受調查？」

鮫山遺憾似地輕輕搖頭：「是雪梨警方特別注意竹田。因爲，有人說被害者在命案發生前曾與竹田在市區的餐廳見面。此人是剛好也在該餐廳的被害者朋友，並說兩人之間的氣氛似乎相當惡劣。」

我認爲，最好不要讓警方以爲自己和竹田京兒有太密切的關係，因此極力抑制內心的不安，假裝好奇地問：「啊，原來是這樣？可是……證人是日本人嗎？」

「是的，所以才會清楚記得與被害者起爭執的日本人容貌。竹田也承認有這件事，所以應該不會有問題。關於爭執的原因，我們剛才也請教過竹田，是他在創立現在這家店時，彼此在經營上曾有些糾紛。」

「是嚴重到會發展成殺人事件的糾紛嗎？」

「很難說。」

相當愼重的回答。

「關於竹田先生的工作，我只知道他負責採購澳洲與密克羅尼西亞的物產回來美國村販售，至於經營上的糾紛則一無所知。」

「這我們知道。我們想請教的不是這個，而是有關他今年一月二十九日的行動。他說當天與妳兩人共度，是眞的嗎？」

我表示：突然被問及將近半年前的事，沒辦法馬上回答。

鮫山說：「那是當然。依竹田所言，他是一月二十八日與妳在街頭偶遇，翌日晚上與妳約會。然而山下小姐方才說你們只是互相告知住址和連絡電話就分手。那麼，是否竹田的記憶有誤呢？」

「不，我剛剛這麼說是因為沒想到會被問及他翌日的行動。」

「這麼說來，你們是有見面囉？」

「是的。在詹姆士街重逢的當天晚上，他打電話到我住處，說『明天晚上妳能挪出時間見面嗎？我後天就要回日本了，明天是在雪梨見面的最後機會』。我因為沒有其他事，所以就答應了。」

「好像沒錯。他也說『因為連日來都在開會討論事情，行程排得滿滿的，所以想趁最後一夜放鬆心情』。然後，你們約會的內容如何？」

依個人觀點不同，或許會認為這是沒有禮貌的詢問，但在這種情形之下，應該也是不得已的吧！

「傍晚六點在飯店大廳會合，搭他租來的車子兜風，在雪梨北方約十公里處的曼利海灘下車，在沙灘上散步。」

「晚餐也是在那邊吃？」

「是的。在海岸邊的餐廳用餐，因為曼利海灘是度假休閒區。」

「是嗎？那，入夜之後呢？」

我捏掉襯衫胸口沾附著的頭髮，擺出有點困擾的表情。

「我們一直到快半夜才開車回頭，回到市內後就前往他下榻的飯店。因爲全身汗溼，他勸我『何不沖個澡』，結果直到天亮，我都留在他的房間。本來不應該這樣的……可是他很技巧地說服我『今晚是我在雪梨的最後一夜』，因此……」

「從傍晚六點至第二天早上都在一起嗎？而且是一月二十九日傍晚到三十日早上？妳確定嗎？這點非常重要。」

「我可以確定。請等一下！」

我從放在更衣室私人置物櫃的包包內取出記事本，當著他們面前翻開。在一月二十八日的日期欄裡有竹田給我的吹田市住址和電話，翌日的日期欄裡則有「6：00　南十字星飯店」。

「不會寫錯日期欄嗎？」森下刑警豎起原子筆問。

我判斷對這個問題可以肯定地回答。「是的，因爲與前後的預定行程完全符合，絕對錯不了。我雖然不知道你們要調查竹田先生何時的不在場證明，但是我可以發誓，他從二十九日傍晚六點到翌晨六點爲止，一直在我身旁。」

「妳能如此肯定，對我們有很大的幫助。」

鮫山的臉上沒有任何表情，完全摸不清他是否相信我的話。所謂的刑警眞是不得輕忽的人種！

「對不起……」我裝出怯生生的樣子，「我剛剛的話能證明竹田先生的不在場證明成立嗎？」

「應該沒有問題。因爲我們已確認被害者在一月二十九日晚上將近七點時還活著。而且，根據妳的證詞，竹田還有從晚上六點至翌晨六點爲止的不在場證明。」

「是的。可是死亡時刻的推定幅度不是很寬嗎？因爲屍體浸在水中半年。」

「那是當然，要推定從幾月幾日的幾點至幾點根本不可能。但是，妳的證詞已能確定竹田有不在場證明。原因是，他在三十日早上與下榻同一飯店的同業一起吃早餐，並與對方搭乘下午的班機回日本。我們也確認過他三十日回到關西國際機場後，直到現在都未曾再出國，因此不在場證明成立。」

「那就好。」

比想像中還簡單。但是，我仍有點懷疑：警方眞的會就這樣相信我的話嗎？

「但是，」果然如我所想，「有第三者能證明你們一直都在一起嗎？如果有這樣的人就太好了，因爲，雖然有租車的紀錄，卻沒辦法知道他與誰在一起。」

對方似乎在暗示：竹田可能跟被害者或是其遺體在一起。

「這……」我故作困惑，「你這麼說我也……」

刑警們沉默無語。應該是要我冷靜地仔細回想吧？我用食指按著太陽穴，假裝正在搜尋記憶。

「你們用餐的餐廳叫什麼名字？」

「啊，這我記得，因爲以前曾與澳洲的朋友去吃過飯，叫『佛斯特・霍雷森』。不過，那裡的員工應該不會記得我們吧？畢竟是半年前的事了，而且又是日本觀光客常去的地方。」

「沒有拍照嗎？」森下助我一臂之力。

我假裝恍然大悟地抬起臉來：「對了，他的相機裡有沒用完的底片，所以我們在沙灘上拍了幾張照片。竹田先生沒說嗎？」

「他是提過。他說與妳在沙灘拍了幾張照片，而且還有兩人的合照。我們表示想看照片，可是他卻說『我在整理相本時，可能不小心將照片連著底片一起丟掉了。不過，我有加洗幾張送給山下希美小姐，她應該會保存著吧』。因此，若妳還留著，是否能借我們看看呢？」鮫山說。

一切皆如我們商量過的進行。

「我將照片貼在相簿裡了，如果你們能到我家來拿，借給你們是無所謂，不過請務必要還我，因爲照片拍得很漂亮。」我半開玩笑似地說。

※

黃昏的天空。

空曠的沙灘。

赤足站在沙灘上的我微笑著。

獨自抱膝微笑。

和他並肩坐著微笑。

而且，缺了右半邊的月亮在我們斜上方……

※

不只是害怕！

在我對月亮的記憶中，還包括幾個相當具有性暗示的記憶。

五歲的某一天。

我們家為將搬至東京的鄰居石尾一家人舉行了小小的餞別宴。可能是升遷吧？石尾伯父與伯母、父親與母親都非常高興地聊天喝酒，連平常從未陪父親在晚餐時喝酒的母親都有了醉意。

我與石尾家的阿寒在大人們的談笑聲中搭不上話，覺得無聊透頂。吃完點心的蛋糕後，更是不知該做什麼才好。

「你們很無聊吧？何不上二樓玩遊戲？」

根本不用母親多說，我催促阿寒：「走吧！」

從幼稚園起就是青梅竹馬的他好像也鬆了口氣，點點頭，站起來。

進入我的房間後，阿寒立刻一屁股坐上床，嘆息出聲。樓下傳來大人們的響亮笑聲。

「如果我發出那種聲音，一定馬上會被罵『吵死了』或『別吵』！眞像群笨蛋。」

「嗯。」阿寒只是漫應著。

「怎麼啦？想睡了嗎？」

「不是，我都十點才上床。」

「我更晚喔！反正我爸媽才不管我什麼時候上床睡覺。雖然有人九點就上床，但我卻睡不著。」

大人們的談笑聲愈來愈高亢，看樣子不會太早結束。

我覺得無聊，很想提議：我們來玩遊戲吧？

忽然，他好像下了什麼決定，開口：「我們玩醫師看病人。」

「好呀！」我回答。

我記得之前與鄰家女孩玩遊戲時，她帶來的玩具針筒應該還在。我翻找收藏戒指的珠寶盒，果然馬上找到。

「誰要當醫師？」

阿寒一臉令人不解的神情回答：「我。」

「那，這個給你。」我將玩具針筒遞給他。

雖然與阿寒玩過很多次扮家家酒，卻還是第一次玩醫師看病人，所以我不知道他的玩法是怎樣，只好靜靜等待指示。

「有哪裡痛嗎？」他問。

「肚子痛，發燒。」

我本來以爲他會說「要量體溫」，可是，他馬上表情嚴肅地說：「那需要打針。」

「手臂嗎？還是屁股？」

「屁股。請在那邊躺下！」

我趴臥床上，自己掀起裙子，脫下內褲。

手拿針筒的阿寒站在床邊說：「這是流行性感冒的注射，會有點痛，請妳忍耐。」

我回答「是的」，把臉埋在枕頭裡，等待塑膠針筒鈍鈍的尖端接觸臀部，胸口的鼓動逐漸加速。氣氛似乎與平常有所不同。

正當我想著「心跳好快」時，臀部傳來一陣劇痛。不是玩具針筒的觸感，是阿寒用他的手擰掐我的肉。指甲掐入肉中，我呻吟出聲。

「忍耐！」他斥責似地說。

「好的。」我乖乖回答的同時，忽然有了甜美的快感。未曾體驗過的喜悅讓我腦筋模糊了。

「還沒好，別動！」

他的注射持續著，似乎永遠不會結束。我咬著牙根忍耐，同時內心祈禱著：請不要停止！

——這兒眞的是醫院嗎？應該是我的房間才對……

我微微睜開眼，望著室內。的確是自己的房間沒錯，卻恍如未曾見慣的景象。不知哪個屋頂上有貓在叫著。

——眞不可思議！很奇怪、可是又好快樂。

窗外，月亮已高掛天空，是非常美麗的圓月。

我並不覺得害怕，只是想著：月亮與自己之間又多了一個秘密。

阿寒搬家以後，我的心好像破了一個大洞。兩人好不容易學會一項快樂的遊戲，卻再也不能一起玩了，感覺非常寂寞。月圓之夜的那次，是我最後一次玩醫師看病人遊戲！

接下來是小學二年級冬天發生的事。

放學途中，我差一點就在學校後面被挾持。一位全身污垢、看起來很髒的中年男人叫住我，問說「車站在哪邊？」。我視若無睹地走過對方身旁時，手臂突然被對方抓住，企圖把我推入停在附近的車內。我大喊「不要！」，男人於是慌忙轉身逃走，終於平安無事。我害怕地楞在原地，後來想到非得趕快跑至有人的地方不可，這才拔腿狂奔。

當時西方天際掛著弦月，看起來像在微笑，也像在嘲諷，是冰冷殘忍的月亮。

還有三年級的暑假。

我與朋友去市立游泳池游完泳的歸途上，匆忙地趕著回家，因爲時間已經出乎意料地晚了，一定會被母親斥責「不要令人操心」。雖然明知愈晚會被罵得愈兇，但又不能因爲反正總是要挨罵就不予理會，所以覺得至少能快一點也好，於是打算穿越平常就沒什麼人的公園。

「喂！」突然有粗暴的聲音叫道：「喂，那邊的女孩。」

我嚇一跳，停住。聲音好像是從公共廁所旁的樹蔭後面傳來。

從黑暗中出現的是身穿黑衣的年輕男人。我記得他的表情似乎很高興。

「妳看！」

男人將牛仔褲與內褲褪至膝蓋下方，露出下半身。我深受打擊，倒吸一口氣，無法理解眼前所發生的事。

「喂，妳過來。」男人以沙啞的聲音叫道。

我轉身就跑，詛咒著與在學校後面一樣的可怕遭遇，抬頭望天空，還是一樣高掛著美麗的月亮！

——又來了！那傢伙總是看著不能告訴別人的事。

雖然並非下弦月，而是上弦月，卻同樣正在微笑。

邪惡地、淫蕩地。

微笑。

嗤笑。

※

借出照片的兩天後，森下刑警打電話來我家，表示有事想再向我請教。

我不可能拒絕協助警方，因此答應翌日傍晚打工回家時，在離公司最近的車站附近咖啡店碰面。

我比約定時間稍早抵達咖啡店，在角落的座位等著。不久，有一面之緣的年輕刑警進入。但背後跟著的並不是姓鮫山的中年刑警，而是另外兩位男子，年紀皆約在三十到三十五歲之間。一位穿黑襯衫繫領帶，另一位穿T恤搭麻紗外套。包括穿名牌西裝的森下刑警在內，三人看起來都不太像刑警。由於桌子是U字形，我坐在正中央，右側坐著森下刑警，左側則坐著身分不明的兩名男子。

「抱歉讓妳久等。今天因爲邀請協助警方調查的犯罪研究專家同席，所以耽誤了一些時間……」

森下介紹兩人。打領帶男子的名字是火村英生，是在大學擔任副教授的犯罪社會學家。穿外套者的名字爲有栖川有栖，是作家。

我記得曾聽過這位作家的姓名。

「有栖川先生是寫推理小說的吧？我好像在哪裡看過你的書……」

「很感激妳知道我這個人。」他好像很高興地說：「我想應該是在圖書館或書店吧？」

「啊，應該也是，你的作品總不可能和魚販的東西擺在一起。」

「沒錯。不過，也不是擺在便利商店出售那樣地暢銷。」推理作家微笑。

他那單純的態度消除了我的緊張。

可是，一旁的火村副教授卻毫無笑意。冷冷的視線從垂覆前額的少年白頭髮之中射至我臉上。

「我有生以來第一次親眼見到作家，眞希望能拿到你的名片當作紀念。」我客套地說。

他眞的遞出名片：「請。」

我只好輕輕放在桌上。

我想起來了。我之所以會記得有栖川有栖這位作家，一方面當然是因爲他奇特的姓名，不過還有另外一個理由，亦即，他有一篇名叫〈月光〉的作品。儘管我的懼月症到了十一歲左右就宣告畢業，可是我一見到「月亮」這個名詞還是會不自覺地產生反應。

「前些天在妳上班時間打擾，很抱歉。而且還麻煩妳借我們照片，眞是不好意思。」

我很在意他並未提及「照片還給妳」。若他說其中存在著疑點，希望暫時由警方保管，那該如何是好？

「上次我的證詞有參考價值嗎？」我忍不住探詢。

「非常具有參考價值。所以今天才會來請教更詳細的情形。由於一個人的記憶常會出現錯誤，希望妳能據實說出。」

「是的，我一定會的。可是，你想問什麼呢？」我意識到左側兩人的視線，轉臉面對森下。

「妳說從一月二十九日傍晚至翌晨都和竹田京兒在一起，能確定嗎？」

這是不用猶豫就能回答的問題。只是，肯定地回答時，我還是感到不安。刑警是因爲懷疑我的證詞才再度詢問的嗎？或單純只因這是具有重要意義的證詞而再次確認？

「是嗎？」森下搔抓下巴，「記事本清楚記著約會時間和地點，而且也有在海灘拍的照片嗎？」

「沒錯，我有自信。就算記事本的記載錯誤，我仍清楚記得約會時間是他回日本的前夕。」

火村的視線鎖在我臉上，彷彿我的臉比我的話更有意義。我很無法釋懷！

森下誠懇地接著說：「說的也是。不過，請妳不要介意。我們希望有能證明你們兩人當天在一起的東西，譬如第三者的證詞，或物證之類的東西。」

我本來想說「所以才會把照片借給你們呀」，卻忍住了。我和京兒都知道，要讓照片證實不在場證明，還必須補充若干說明。

「只有照片的話缺乏說服力，因為，照片只拍到蹲坐在沙灘的山下小姐和竹田，並不知道是什麼時候拍攝，看起來也很像是最近才在日本拍的照片。」

對方這樣明顯地指出我在說謊，立刻表現生氣的態度應該無所謂吧？不，我判斷，最好還是控制自己的演技。

「你們要這樣說，我也沒辦法。那是旅遊照片，又不可能背對鐘台、手上拿著當天報紙拍照。」我自己都感到厭惡了，畢竟如果不多少表現一下心中的不快，就完全不像自己，「但是，想不到會被認為是偽證。我不可能只因為竹田是親密的男友，就在他是殺人兇手的情況下庇護他，不，就算他說『我並未殺人，只不過為了怕警察找麻煩，妳和我先串通好供詞』，我也會拒絕。我可是個有潔癖的人！」

火村默默看著我。他是認為只要看著證人的臉就能判斷證詞的真偽嗎？簡直是白痴嘛！雖然一開始覺得他有些可怕，但或許只是個中看不中用的人。

「原來如此。」森下說。

不過，他並不像同意我的說詞，反而有種「好不容易有最後修正的機會，想不到妳卻自己放棄」的感覺。還是這個人比較可怕，我開始對這位戴著可愛面具的新進刑警的一舉一動感到不安。

必須鎮定才行！

「上個星期五傍晚，妳在哪裡呢？」

是和京兒見面的日子。我困惑著不知該如何回答。若敵人已知我和他在一起，這問題就不是能隨便搪塞的了，可是，又絕不能據實說出。

「才一個星期以前的事吧！」

「到底是怎麼……」我沉吟著。

左手邊傳來推理作家的聲音：「何不看一下記事本呢？」

我內心氣憤不已，眞是假裝親切、卻淨說些討厭話的男人！

但是，我仍忍下來了，微笑說：「對呀！」

我拿出記事本。明知星期五的日期欄空白，還是裝模作樣地翻頁，尋思該如何是好。

「什麼也沒寫，應該是沒有和誰見面吧？」我最後加上了「應該是」三個字。

「晚上不是和竹田一起開車兜風嗎？」有栖川突然說。

我楞了一下：「爲什麼這麼說？」

「若是我誤會了，我道歉，請不要生氣。我們懷疑妳提供的照片並非一月二十九日在雪梨近郊的海灘拍攝，而是特別製作、用來做爲不在場證明的道具。」

「你的意思是我協助竹田作僞證？那麼，你認爲照片是什麼時候、在哪裡拍攝的呢？照片上只有天空、海、人物和沙灘，若你們已認定那並非雪梨近郊，我想反駁很困難；但是，要斷定那不是雪梨近郊，應該也不容易吧？」我毫不畏怯地堂堂反擊。

沒錯，應該沒有證據能斷定拍攝地點不是曼利海灘。因爲，京兒已慎重地從底片中排除所有可能會被認定的要素。

推理作家上半身往前傾，手肘拄在桌面上：「你們犯下一個非常無聊的錯誤。」

似乎事先就已經商量好，森下適時拿出三張照片擺在桌面上。

有栖川指著我佇立沙灘上的那一張：「黃昏的海面上方有缺了右半邊的上弦月。如果在日本，應該是缺左半邊，但南半球正好相反，這點沒有問題。不過，妳在照片上的影子卻落在畫面左側，也就是說，畫面右側是西方，左側是東方。黃昏的上弦月向南，因此照片裡側是南，前方是北。」

我默默凝神靜聽。

「若是這樣，事情就很奇怪了。不只是地圖，我們還向當地警方求證過，曼利海灘乃是面朝東北方展開，也就是其南方並沒有面海。所以這張照片一定是在其他地方拍攝。」

這個人嚴重地搞錯了！一旁頻頻點頭的森下好像也沒注意到。

「有栖川先生，你錯了。」

「怎麼說？曼利海灘南方確實沒有面海的拍照地點。」

「沒錯，當地確實是東北朝海。所以照片上的我是背向北方，朝南站立。」

「那就奇怪了。小學時不是學過了嗎？上弦月在黃昏時是位於南方天際，半夜沉入西方。妳在日暮時分背向月亮，因此很明顯是朝北站立。」

我早就想到是這麼回事。

我假裝難以啓齒地說：「所以才說你誤會了。不管在日本或澳洲，太陽同樣都從東方升起，西方落下，只是正午時的方位正好相反。在北半球，太陽在一天之中升至最高點時的方位在南，南半球則在北，所以爲了確保日曬，當地的住家都是坐南朝北。你明白了嗎？」

對方似乎並未被我說服，沒有立刻回答。

眞是可惡！可能是不常寫邏輯性的推理小說吧！

「南半球的太陽從東方地平線升起，經過北方天空，落入西方地平線，月亮也一樣。如果你還是不明白，可以回家查書或利用模型確認。最重要的是，在澳洲，黃昏時的上弦月是高掛在北方天空，所以照片上的我是背向北方的海面站立，沒什麼好奇怪的。」

話一出口，我便有點後悔粉碎了對方的自尊，可是，對方卻不以爲意，以眼神朝一旁的犯罪學家示意。

這是怎麼回事？是在玩什麼遊戲嗎？

一直保持沉默的火村這時首度開口：「我很想聽妳親口說出月亮的缺口在南半球與在北半球正好相反。果然，妳強烈地意識到這點。照片上的黃昏上弦月是右半邊缺口，所以妳才會興奮地堅持照片是在澳洲拍攝，對不對？」他的聲音冰冷得似機械所發出，卻又異常響亮。彷彿能看透人心深處的眼神直盯著我看，接著說，「在這幾張照片中，完全沒拍入能確定攝影地點的線索，也沒日期，從中所能獲得的資訊只有妳與竹田京兒置身於黃昏的沙灘。加料的味噌則爲海面上方的上弦月，然後，基於上弦月的形狀便能堅持是在南半球拍攝。」

「能堅持？這是事實！」

「應該不是吧！」火村雖然平靜地訴說，但聲調裡卻能察覺某種毫不留情的陰森，「只要見到這些照片的底片應該就能確定，但竹田說他已不小心丟棄，我們當然只能找妳確認了。這是反面顯像的照片，對吧？」

我咬緊牙根，鎭壓住內心的動搖。他是怎麼知道的？

「這些照片有可能是在日本拍攝，譬如在附近的紀伊半島南端以太平洋爲背景，沖印時再以反面顯像即告完成，左半邊缺口的北半球上弦月馬上一變而爲南半球的上弦月。紀伊半島與雪梨各處北緯三十四度與南緯三十四度，月亮的外觀也酷似，各項條件都非常符合。在季節變遷方面，日本與澳洲的夏季與冬季也正好相反，不會有問題。選擇天候與一月二十九日相似的日子拍攝乃是關鍵，好比說上個星期五。」

被拆穿了！很輕易地就被拆穿了。我只有保持沉默。

「我能理解爲什麼要玩這種膚淺的詭計。你們想說『兩人在南半球只有一月二十九日傍晚能拍攝這樣的照片，那夜兩人未曾分離，到第二天早上才分手。竹田京兒後來隨即與同業回日本，所以與雪梨發生的殺人事件無關』，可是，這是行不通的，因爲這些照片是在日本拍攝。」

且慢，他剛剛說了可笑的話。

「火村教授，我可以請教一件事嗎？」

「什麼事？」火村點燃香菸。

「我從未想過照片可以反面沖印，不過，聽你說明後，我承認有這樣的可能性存在。但你一口咬定『照片是在日本拍攝』豈非獨斷了些？應該說『或許在日本也能拍攝』才對吧？你有照片是反面沖印的證據嗎？」

森下與有栖川也注視著他，等他回答。

火村吐出紫色的煙霧，開口：「有！」

「在哪裡？天空、海洋、沙灘無左右之分。我與竹田都穿T恤，牛仔褲鈕釦則被T恤下襬遮住，不可能知道鈕釦是否左右相反。至於髮型，我是中分，他則是理短髮戴帽子，也無法辨別左右。」

我們早已計畫好這樣的穿著打扮。

「不僅這樣，火村教授。你看，我的左手中指戴著與現在同樣的戒指，而他的錶也戴在左腕。」

「這種東西在拍攝時可以調換。」推理作家說。

我再度感到氣憤：「眞不愧是推理作家，疑心病眞重。可是，你們畢竟無法證明這是反面沖印的照片吧？」

火村凝視我的臉，再度說：「有！」

我完全搞不懂：「在哪裡？」

「這裡！」他指著的並非照片上的某一點，而是我的臉。「抱歉用手指著妳，也很抱歉從剛才就放肆地盯著妳的臉。照片是反面沖印的證據就是妳的臉。妳認爲這些照片『拍得比平常漂亮』，但是否眞是如此，我無法置評，只知道絕對是與平常不一樣的照片，因爲左右完全相反。

妳以爲人的臉與素色T恤一樣左右對稱嗎？開玩笑！只要仔細觀察，必定可以發現左右臉龐的差異，即使不是丹下佐膳或伊達政宗（譯註：都是獨眼龍）也一樣。所以就算照片中沒有飯店的招牌，或穿沒有鈕釦的衣服也沒用。若妳不相信我個人的觀察，也可以用電腦來解析照片。」

他繼續凝視我的臉孔。

「不好意思，我順便告訴妳，妳的右臉比較稚氣，左臉特別美麗。」

我差一點就笑了：「在這種時候還講客套話。」

沒錯，我很欣賞自己的左半邊臉龐，常對著鏡子頷首喃喃自語「就是這個角度最美」。誰都很容易把鏡中的自己誤以爲是眞實的自己。也許因爲京兒反面沖印的照片就像鏡中的我，所以我才覺得照片拍得特別漂亮。

即使這樣……右臉比較稚氣，左臉特別美麗嗎？

我很想說：火村教授，我也眞的希望別人如此認爲呢！

「我能提出一個問題嗎？」

京兒，已經完了。

我在心中喃喃說道，試著提出最後的反擊。

「請說。」

「就算試圖以反面沖印的照片欺騙警方，他也不見得就是雪梨命案的殺人兇手吧？我很想相信他是無辜的。」

「但是，若他並非兇手，要怎麼說明他爲何選擇與被害的貿易商失蹤那天相似的日子拍這樣的照片呢？他一定是請妳『一月二十九日傍晚六點以後和我約會』吧？」

我頷首。

「他想製造六點以後的不在場證明。妳不認爲他知道被害者在當天七點後就不會被目擊了嗎？」

我受到強烈絕望的衝擊，低垂著頭。

他明明說「我眞的沒有殺人」，所以我才想幫他的……

京兒……

他是殺人犯嗎？

他和阿寒長得有些神似的……

桌上的名片映入眼簾。

有栖川有栖。

這個毫無意義的姓名中，兩個「月」字都在嘲笑我。

散布暗號的男人

「雖然這裡寫得很清楚，但我卻連續被禁止兩回，所以已牢記一旦把串燒沾過醬汁，就不能再沾第二次。」

「這種禮貌不用說也該知道的，這是常識。」

坐在右手邊的朝井小夜子聲音沙啞地說道，左右晃動纏著繃帶的食指。

我致歉：「不好意思。」

在小說家的世界裡應該是用不著太拘泥，不過，無論在資歷或年齡上，她都是比我早了兩年的前輩。雖然是土生土長的京都女性，卻絕不會說出一些「討厭，眞是受不了」之類彆扭話的豪爽個性。

她與我同樣穿著黑色皮夾克，但是她穿起來更好看，若四捨五入，看不出來已經四十歲。

「嗯，好吃。」品嚐了第一串肉串，小夜子立刻很滿意似地說道，並伸手拿第二串。好像認爲特地從京都至大阪品嚐肉串很値得。

身爲這次「新世界迷你旅行團」的主辦人，我也覺得很高興。

下班後的客人鑽進暖簾，一位，又一位。是腰間纏著毛巾的工人和戴鴨舌帽、隱士似的老人。我們到的時候還有空位，但現在都已擠滿客人，若再有一位客人進來，可能就得與他人併桌了。

「在通天閣俯瞰之下於露天攤位吃著串燒，眞能充分享受所謂的大阪情懷啊！你常來這兒嗎？」

「偶爾。」

「都是和教授一起？」

「有時候，不過也常與東京來的編輯一起。」

「嗯。啊，教授，需要幫你斟酒嗎？」她突然探頭向前，問坐在我左手邊的教授。

薄外套、打領帶的教授——臨床犯罪學家火村英生回答「不，別客氣」，自己倒酒並一口喝下，似是擔心領帶下端沾到醬汁而將之甩到背後。感覺上特別沉默寡言。

「明天天氣會如何呢？」小夜子淡淡說道。

她必須買越野摩托車送給高中畢業的堂弟當畢業禮物，可能覺得下雨的話會很麻煩吧？

「不會有問題的。氣象預報說是晴天。」我回答。

「氣象預報？你在哪裡看到的？」

「那個。」我指著通天閣頂端。不過，光這樣她應該無法理解，「頂端亮著白色霓虹燈，對吧？那就表示明天會是晴天。下雨的話是藍色，陰天則爲紅色，若白色和紅色重疊則是晴後陰。」

低頭喝啤酒的火村抬起臉來，斜眼望著通天閣，喃喃說：「我居然不知道。」

「通天閣預報氣象？住在大阪的人都知道嗎？」小夜子問。

「應該是知之者恆知之吧？從我住的公寓可以見到通天閣，這對我而言是相當寶貴的訊息。」

「白色晴朗，紅色陰天，還頗難記的哩！如果改為紅色晴朗，白色陰天應該會好一些。」

「對我說也沒用。」

「但是，若是看到的人不懂其意義，那豈非等於暗號？通天閣也眞是大膽。」

聽到「暗號」兩字的瞬間，我不自覺地又瞥了火村一眼。教授仍沉默無語，毫無表情地嚼著高麗菜捲。

「若不知道記號與意義的關連性，所有的事物都將變成暗號。這個世界上到處是暗號，江戶時代的人就算知道時控管制，應該也不懂紅綠燈的意義吧？」

「世界上充滿暗號……」

「沒錯。譬如，」我從小夜子的七星牌香菸盒抽出一支菸，「以前，菸草的捲紙上不是有四位數數字嗎？妳知道數字的意義嗎？」

「應該是製造編號或什麼的吧？」

「大概差不多。以前我曾聽人家說過，現在卻忘了。我從很久以前就喜歡想像這類數字或記號所隱藏的意義。」

「你看起來就是那種人。」

感覺像在諷刺，但，又有什麼關係呢？

「電車上常會寫著クモハ（KUMOHA）、臥舖特快車的車廂內也有オロネ（ORONE）之類的片假

名，孩提時代，我都會特地從書裡找出它們的意思。另外，對漁市內的魚販們喊價所比出的手勢也非常感興趣。」

「好奇心強也是優點呀！」小夜子停止吃喝，點燃一支七星菸。

「我很自然地就會注意廣義的記號，有時更陷入幾近妄想的境界。偶然望向鄰居的陽台，很可能會見到曬衣桿上繫著紅色手帕，對吧？這時我就會開始想像，說不定那是要給偷情對象的訊息，表示『今夜丈夫不在家』，或是傳達給從獄中歸來卻怯入家門的丈夫『我還在等著你』的訊息。」

「山田洋次導演的電影不就有這麼一幕嗎？有栖川有栖能成爲推理作家眞是幸運，你在其他方面似乎無用武之地。」

「應該是沒有吧！」

「居然自傲起來啦？」她仰臉，呼出一口煙後，手肘拄在櫃檯上，對火村說道，「教授，你今天很安靜呢！我不會破壞氣氛吧？」

「不，沒這回事，我天生就是文靜的個性。」

「又來啦！」她嗤嗤笑了。

推理作家朝井小夜子與我因同行而熟識；我和專門研究犯罪社會學的大學副教授火村英生是從大學時代交往迄今；朝井與火村是透過我的介紹，彼此有一面之緣。我們三人一起喝酒才第二次，但似乎沒有僵硬的氣氛。

「火村會不想講話是有原因的，因爲他在實地調查上受到一點打擊。」

「哦？」小夜子眼眸發光，似乎很感興趣，「火村教授的實地調查都是在犯罪現場進行的吧？像這樣揮淚除惡的名偵探，會受到什麼樣的打擊呢？」

「何不請名偵探本人自己說明？」我不懷好意地說。

火村搖手表示「不行」，在杯中倒入啤酒。

小夜子好像已被勾起興致：「這樣會讓人心頭癢癢的呢！教授若不說，那就由你說明好了，你是主辦人，不是嗎？」

「主辦人和這種事情無關吧？」雖然嘴裡這麼說，但我已開始思考該從何說起了。

小夜子大聲要求再送來啤酒和串燒。

「那是上星期的事。」我開口。

這時，有新客人進入。這位頭髮斑白的老先生打算坐到我與小夜子之間，她挪動身體，空出右側位子。老人笑了，說聲「謝啦」。

我開始說話：「現場是在京都市的寶之池。」

「離火村教授家很近嗎？」

「相當近，但也沒有因爲這樣，府警局的柳井警部就能輕易連絡上他。那是椿殺人事件，妳不知道？」

「不知道。我最近沒看報紙，也不看電視。」

坐在小夜子身旁的老人笑著向她搭訕：「大姐，妳是幹哪行的？」

眞是夠厚臉皮的老頭！

她滿臉肅容，回答：「和殺人有關的。」

2

十二月二十日下午，火村在英都大學的研究室接獲那椿殺人事件的消息。他正好上完兩堂課，也沒什麼重要事情。

從他位於北白川的住處到烏丸今出川的大學並不遠，但是爲了方便在警方打電話通知「發生事件了，教授，你要過來嗎？」時可以立刻啓程趕往，他總是開車上下班。他的愛車是每次都會被周遭人們說「大概通不過下次檢驗」、卻又已使用五年的超級破爛賓士。開著這輛搖搖晃晃的賓士抵達寶之池的現場已是下午三點左右，距離接獲電話的時間約三十分鐘過後。

那是離國際會議館不遠的地方。在家家戶戶都裝設保全監視系統的豪華寧靜住宅區一隅，停著幾輛巡邏警車，他馬上就知道那是目的地。拱門上的名牌寫著「待田曉規」。

一見到火村，熟識的刑警隨即轉身入內，找了柳井警部出來。

「你來得可眞快。死者剛剛還在這裡。」警部說著並拂高垂覆在前額的頭髮。

雖然柳井予人性情豪爽的印象，但他在府警總部內的評語卻是「似眼鏡蛇般執拗地糾纏不捨！」

他與火村是多年知己，通常幾個月會打一通「發生相當有趣的事件，要過來看看嗎」的電話，就是他找來在犯罪現場實地考察以進行研究的副教授。由於有火村的幫助而解決事件的機率非常高，所以府警當局不僅不會因爲他的介入而困擾，甚至還很歡迎他。不過，可能也因爲火村一向不喜歡炫耀自己的功勞吧！

事實上，他總是以論文形式發表從事件中分析出的成果。

「現場的樣子有些奇怪，卻又不像是兇手事先布置，所以我才想，這樣的事件也許很適合徵詢教授的意見。」警部摸著鼻子下方，恭維似地說。

犯罪學家只是簡扼回答：「我看看再說。」

被帶入屋內之前，他先大略看了一下整棟宅邸的四周。這應是已有二十年左右歷史的鋼骨宅邸，但感覺上仍頗爲牢固。二樓有兩扇附著大型遮雨簷的窗戶並列，恰似一對因驚駭而圓睜的雙眼，窗戶的藍色窗簾都緊緊拉上，與漆成象牙色的外牆並不諧調，感覺不出屋主有多敏銳的品味。右側窗戶透著燈光。

「被害者是名叫待田曉規的三十九歲上班族，獨居在這棟大宅裡。」警部脫下鞋子，開始說明。

火村心想：有著漫畫式天使魚的玄關地毯也不能說多有情趣。

「我們在附近查訪過，被害者的這棟宅邸是繼承自已故的雙親。被害者單身，不是離婚，而是未婚。上班地點是新京極的中藥銷售公司，公司規模不大，名稱是『漢巧堂』。他擔任總務一職，有人說他方正不阿，就是發現屍體向警方報案的公司同事。」

「屍體是如何被發現？」火村站在脫鞋處問。

「我請對方暫時留下來，待會兒你可以聽他親自陳述。大致上就是，被害者待田曉規難得地未假曠職。當然，若只是如此，公司的人不會來這裡，最主要是因爲他把公司保險箱裡的重要文件全帶回家。也不知道是工作過度熱心，或單純因爲無法在上班時間內完成工作，他經常如此。但是，這次正好有些問題必須進行確認，公司方面從一大早不曉得打了多少次電話到他家，電話卻又一直通話中。這種情形相當不尋常，有可能是話筒沒掛好。總務主任覺得很困擾，於是利用行動電話找了預定至附近接洽業務的人順道過來看看。接受委託的業務員姓大林，是與待田同期的同事，曾參加過待田母親的葬禮，知道他家地址。因此總務主任認爲他是最適合的人選。

大林來到這裡後，不管怎麼按鈴也無人應答，抬頭看二樓窗戶，卻又發現燈光亮著，所以感到有點奇怪。在繞往後門的途中，卻從窗簾縫隙中見到待田曉規倒臥在起居室地上。」

「當時大林看到的被害者是什麼樣子？看起來像是他殺的屍體嗎？或像急病發作昏倒在地？」火村看著鞋櫃上似乎很沉重的花瓶，開口問。

花瓶裡沒有插花，也無任何裝飾。

「看起來不像急病發作，因爲喉嚨插著剪刀，動也不動地躺著。依發現者所言，『不是自殺就是他殺』的這種說法也相當合理。」

「所以報警了嗎？但……沒有自殺的可能嗎？」

「已經排除這種可能性。屍體上未發現因猶豫而造成的傷痕，下手相當乾淨俐落。再者，若要自殺應該也不會用剪刀吧！廚房裡有鋒利的菜刀和水果刀。反正，你先看看現場。」

走廊左右是並排的房間。玄關左邊是通往二樓的樓梯，過去還有兩個房間，最裡面爲盥洗室與浴室。走廊右側依序爲洗手間、飯廳兼廚房和起居室。警部說的殺人現場者就是右手邊的起居室。

但是在進入之前，火村有事情想問。

「那邊放著與這裡不搭調的東西，」他指著飯廳兼廚房入口處，「是本來就在那裡的嗎？」

警部頷首。

所謂不搭調的東西就是黑色皮包。

「沒錯。好像不是被害者上下班使用的東西……你一定很奇怪那種東西爲什麼會在走廊上吧！」

雖然是強烈徵求贊同的語氣，火村只回答一句：「不錯。」

「我剛才說過『現場的樣子有些奇怪』吧？那是其中之一。還有其他怪異的地方，待會你會一一見到。」

火村疑惑著不知是怎麼回事，戴上平常在犯罪現場實地考察時用的黑色絹絲手套，拿起地板上的皮包仔細觀察。那是高級的牛皮皮包，但裡面空無一物，也未發現特別可疑的地方。

火村放下皮包，望向警部打開的房間。房內有五位穿深藍色制服的鑑識課員正忙碌地採集指紋。首先映入眼簾的是一灘變黑的血漬，很容易便能想像被害者因失血過多而死的慘狀。可是，茶几和沙發似乎仍在原地，未有過度移動，沒見到兇手與被害者劇烈打鬥的痕跡。火村心想：茶几上放著的剪刀應該就是兇器吧？沒留下血污可能是因爲兇手已擦拭過。但是……

「兇器是這個，掉落在沙發底下。」警部拿來放在廚房流理台上的塑膠袋，遞給火村。

裡面是沾著血污的剪刀。他拿至眼睛高度觀察，是很尋常的西式剪刀。他將剪刀與茶几上的剪刀相比較。

「很類似，樣式卻不同。那把剪刀沒被當作兇器？」

「是的，沒有 Luminol 反應。作爲兇器的剪刀有擦拭指紋的痕跡，但是那把剪刀卻只有被害者的指紋。你認爲起居室的茶几上爲何會放著剪刀呢？」

「不知道。」副教授回答，「爲什麼？」

「我們也不知道。」

火村聳肩：「兇手應該不可能帶剪刀來，因爲，若是有計畫的兇行，絕對會準備更適當的刃物。這樣的話，將剪刀視爲這個屋子內的東西應該比較自然。」

「沒錯。另外，從血污沾附的狀況看來，起居室是犯罪現場應該無庸置疑，但若這樣的話，兇手爲什麼不使用茶几上的剪刀呢？」

「這……現階段只能想到幾種推測。譬如，待田拿出兩把剪刀與訪客討論，並逐漸演變成口角，客人氣憤之下喪失理智，刺傷待田之後逃逸。當然，很難想像需要拿出兩把剪刀討論的事情究竟是什麼……或是，待田用兩把剪刀做完某件事後卻忘記收妥而放在茶几上，結果被用來當作兇器。」

「剪刀的事暫時不談好了。」警部苦笑說，「法醫是認爲被害者的死因並非失血過多，而是失血性休克致死，幾乎是當場死亡。雖然照片還沒沖洗出來，不過是像這樣被刺入後稍微扯動刃尖。」

警部以拇指由左上向右下輕輕滑過自己的頸部。若被害者與兇手面對面站立，可以推定兇手是以右手拿著兇器。

「也有兇手由被害者身後抱住他，將手繞至前方刺殺的可能性存在。若是那樣，被害者很可能會抵抗並想扳開兇手的手，因此我們希望能從被害者的指甲縫中檢測出兇手的皮膚組織，但是到目前爲止還沒有結果。還有，死亡時刻推定爲昨夜九點至零時之間。」

火村環視現場時，警部繼續說明。

「門窗並沒有被強行撬開的痕跡，應該是被害者請兇手進入吧！兇手是從玄關離開，因爲，只有這裡沒上鎖。」

「但是沒有客人到訪的跡象。若非訪客不值得請喝一杯咖啡，就是尙未準備好即發生命案……」

火村單膝著地，凝視著拼花地板，喃喃自語。

「沒錯，但也可能是兇手收拾整理過。無論如何，能在這麼晚的時間進入被害者家中，兇手與被害者的關係或許相當親密。另外，屋內也沒有被翻找過的痕跡。」

「出血量雖多，但卻不像是猛烈噴出，所以兇手身上應該沒被大量鮮血濺到。」

「洗手台有留下洗手的痕跡。看樣子，雖然是突發性的行兇，兇手卻極端冷靜，不僅兇器，連茶几與玄關大門的把手都仔細擦拭乾淨。」

發現火村的視線定在牆邊平台上的電話，警部率先說明：「左京警局的人趕到時，話筒已掉在一旁，所以公司打電話時一直都是電話中，很可能是被害者倒地時撞到的吧！」

「原來如此。不過，警部先生，飯廳桌上有個奇妙的東西呢！」

「我當然看到了。但是飯廳桌上爲何會有那樣的東西，我無法回答。」

火村眉頭緊皺，拿起該物——一對小木偶。

那是常見的鳴子土產。

3

進入最靠近二樓樓梯的和室時，盤腿而坐的男人吃驚似地抬起臉來。

此人門牙露出嘴唇外，穿著褪色的灰色西裝，予人有如老鼠的印象。他就是待田曉規的同事，也是報案者大林。

「大林先生，不好意思讓你等這麼久。請你再說明一次後，你就能回公司了。」

聽到這句話，對方很明顯地鬆了一口氣。

大林神情不安地聽著柳井簡單介紹火村。他的眼神似在訴說：管他什麼大學教授，只要讓我早點離開就好。

在警部的引導下，大林敘述自己爲何向警方通報事件的經過。他敘述到起居室的慘狀時，驚駭得全身發抖，似是再度想起，表示身體很不舒服。

「當時玄關門開著，你沒注意到嗎？」警部聲音平靜地問。

「我按了三次門鈴卻無人應答，所以沒有碰觸門把。本來打算就這樣離開，又因爲二樓亮著燈，突然感到不太對勁，想繞至後面看看時，發現從窗簾縫隙就可以見到起居室內部，一看之下……」

他又再度皺眉。

「你認爲他有可能自殺嗎？」

「當時我曾這麼想過。可是在等警方趕抵時，仔細想想，卻想不到他有自殺的理由。雖然工作並不是很有趣，但他並未遇上特別的麻煩，與同事間的相處還算良好，父母又留給他這麼大的房子，連我都覺得很羨慕！何況他又沒有嘮叨的老婆，也不必爲孩子操心。」

大林的語氣相當沉痛，似乎感觸良多。

「當然了，他也會有他的苦惱吧？一起去喝酒時，偶爾會聽他說出心聲。」
「是什麼？」
大林好像回憶故人似地望著遠方：「生活悠閒的單身貴族，苦惱的自然還是想娶個老婆吧！他曾嘆息似地說『很希望能有一次結婚的經驗』。他是認眞的，大約三天前，他說『這個月底就要越過四十大關了，很希望在仍是三字頭時能有些進展』。待田這個人工作認眞、品行端正，長得也非兇神惡煞，卻不知爲何就是沒女人緣。他也說過『坦白說，我從無與女性親密交往的經驗』。他雖然曾遇見覺得不錯的女性，但卻無法接近，徒然讓機會流失。我曾調侃他『又不是十幾歲的小男孩』。但是，對他本人而言，這似乎是個很嚴重的問題，因此一直無法有順利進展。有著這麼大房子的男人竟然找不到老婆，這實在是很諷刺的事。像我，一家六口是排成一個『州』字睡覺呢！眞悲哀啊！」
也不知是替待田悲哀？或是爲自己悲哀？
「待田的苦惱只是這樣嗎？沒聽過他遇上什麼麻煩嗎？」
大林搖頭：「這……」
「沒有可能引人懷恨的事情嗎？」
「在我所知的範圍內是沒有。這麼說對他可能很失禮，不過，他是屬於『人畜無害』的類型。而且他一向不與朋友作金錢上的往來，所以我想應該也不會有這方面的問題。」
「他好像不太喜歡交際應酬，是否有參加自己有興趣的社團或從事宗教活動？」

「沒聽說過。我記得他曾在公司的刊物中自我介紹說『只對看書有興趣』，因此好像也不關心宗教。」

警部不再問話。

大林反問：「你會問這些事情就表示他果然並非自殺，而是被人殺害？」

他好像並不知道確實的情形。

警部明白回答：「是他殺。不過，聽了大林先生的話之後，發現要找出有殺害待田的動機之人相當不簡單，而且他也未涉及女性方面的糾葛……」

火村沒忽略對方眼中浮現的些許困惑，彷彿不確定有些話該不該說。因此立刻追問：「是不是不該輕率斷定未涉及女性方面的糾葛？」

「是的……不，也不是說一定有。」他稍微猶豫之後，舔了舔嘴唇，接著說，「待田好像很積極地想結婚。今年夏天時，他加入了某個專門介紹結婚對象的組織，對方好像採行會員制。喝完酒結帳時，我看到他的皮夾裡有會員證，問他『那是什麼？』，他有些不好意思地說明，但我已經忘記是什麼名稱了。」

由於對方抱頭苦思，警部說：「沒關係，我們深入調查就會知道了。」

「啊，是嗎？總之，他曾加入那種組織成爲會員，應該有過幾次的邂逅吧？剛才我雖然說他是個沒女人緣的男人，但在我不知道的情況下，他也許有約會過幾次的對象吧？若有那樣的人，警方應該能調查到才對。」

「不錯。」警部回答。

大林很佩服似地頷首，好像是說：這樣才算是刑警！

「依大林先生的看法，待田最近有什麼改變嗎？譬如，穿西裝或打領帶的感覺好看多了？聊天的話題也比較多樣化？」火村問。

「不錯，若是與女性交往，是會有這一類的改變。」他評估問題之後，接著說，「確實是有以前很少見的舉動。若是年輕同事，我或許會揶揄他『今晚要約會嗎？』。」

「是否有私人電話打到公司來？或是他很神秘地打電話？」

「這我倒沒聽說，我想應該是沒有。」

警部再度接手：「待田昨天好像準時下班，是和誰有約嗎？」

「我昨天留下來加班，他要離開前，我只有跟他打聲招呼說『辛苦啦！』，所以詳細情形我不太清楚。可是他昨天的打扮並不是很刻意，應該是直接回家吧！」

從大林身上再也問不出其他事情。

他離開時，警部若無其事地問他昨夜的行動，他表示，加班至九點後，就與同事一起去吃飯，十一點左右回到長岡市的自宅。

大林離開後，警部吁了一口氣：「教授，你認爲如何？」

火村指著壁龕：「掛軸底下的擺飾是什麼咒術？自從進入這個房間後，我就一直很介意。」

「咒術？我也不清楚……沒聽說過有人在那種地方擺兩個盤子當裝飾。」

應該是從飯廳拿來的兩個很普通的餐盤。

火村逐漸明白剛剛柳井警部說「現場的樣子很奇怪」的意義了。這個屋子裡到處可見格格不入的東西。

「要看看其他房間嗎？隔壁是書房，書房對面是西式臥房，樓梯旁是儲藏室。在這些地方看過一遍後，腦袋會愈來愈混亂。」警部問。

「事情好像很有意思，我一定要仔細看看。」

火村首先調查二樓的三個房間。

書房裡並沒有特別可疑之處。書架上滿是文學叢書，從新舊的程度推斷，應是被害者亡父的藏書吧！另一方面，沒有其他興趣的待田曉規所買的大多是打發時間用的雜書與實用書籍，像《日本史之謎讀本》、《總務工作概要》、《占卜百科》、《掌握女性心理的談話術》、《現代相親考》等等，皆可以和大林所敘述的相互印證。

書房裡雖然沒有奇怪的地方，但臥房枕邊掛著的破魔矢（譯註：日本的驅邪祈福之物，通常與破魔弓一起作爲擺飾）卻引人注目。儘管不像飯廳的一對小木偶和壁龕的盤子那樣奇怪，卻也令人覺得坐立不安。

接下來打開收藏衣櫃與不用的桌椅之類東西的儲藏室一看，房間正中央掉落一本嶄新的書。一本書掉在這種地方本來就很不自然，更何況是本以死神爲封面的黑魔術入門書，絕對更具深刻意義。雖然內容並無奇特之處。

到了樓下，火村仔細地觀察每一個房間。樓梯旁是沙發上已略積灰塵的客廳，應該是很久沒使用了。沙發上有個老舊的音樂盒，或許是待田亡母所買的東西，不過同樣像是被放在不該存在的地方。掀開盒蓋，馬上便流瀉出「少女的祈禱」旋律。

隔壁的和室以前可能是被雙親當作臥房使用，現在卻空蕩蕩的。這裡的壁龕也擺著有趣的東西。或許是從新加坡買回來的土產吧？是頂端刻有獅頭圖案的開罐器。看來不像使用後忘記收起。

盥洗室與浴室並無可疑的地方，但進入洗手間後，在裡面又發現令人不解的東西了——裝飾著人造花的櫥架上放著摺疊得整整齊齊的白色套頭衫。

很難說沒有花紋的羊毛套頭衫本身具有某種特別意義，也不可能是進入洗手間時替換的衣服。

「這是怎麼回事呢？」火村不禁自言自語。

4

陣陣冷風吹過，暖簾翻飛。

副教授喝了一口啤酒後，漫哼出聲：「上個星期告訴你的事情居然還記得這麼清楚，而且好像在現場親眼目睹一樣，眞不簡單。」

「沒辦法，作家嘛！」我炫耀地說。

「的確是有點怪異。屍體沒倒吊在天花板上，現場也沒畫上魔法陣，只是在家中各處放著奇妙的物件？」小夜子說。

「沒錯，很有意思，對不對？」

「若是兇手在逃離前所做的惡作劇，確實是很深奧，令人百思不解。」

「當然囉！若兇手的行爲存在著不得不這樣做的理由，妳一定很想知道，對不對？」

「應該能作爲小說的題材。」大姐的眼神相當認眞。

「太可惜了。」

「可惜？怎麼說？」

火村不理會我們的對話，逕自加點串燒。

「那並非兇手所爲，而是被害者自己擺放的。」

「你怎麼知道？啊，是兇手已經被逮捕了？」

「不錯，在火村教授的協助下，警方在命案發生三十多個小時後便逮捕到兇手。兇手是住在東山區、姓村田的二十七歲上班族，動機是三角關係。」

「嘿，不是大林嗎？兇手的姓名在解決篇中突然出現，不會太卑鄙了點嗎？」

「沒什麼卑不卑鄙的，這又不是推理小說，只是路邊攤的閒聊。」

「不，還是太卑鄙！」

她自己的菸抽光了，於是向火村要了駱駝牌香菸開始猛抽。她本來也是駱駝一族。

「待田曉規加入某婚姻介紹所成爲會員，開始與在那裡認識的女性交往。雖然報上並未刊登，我也沒見過本人，但似乎是容貌相當秀麗的女性。待田當然馬上迷戀上對方，在第三次約會、看完電影的回家途中就迂迴地向對方求婚，對方回答『請讓我就現實層面考慮看看』。」

「那女人簡直就像政客嘛！」

「不過，眞的是現實層面的考量。待田在寶之池的大宅對她具有非常大的吸引力。問題是，她有一個還沒完全分手的男友，就是村田。」

「所以搞成三角戀愛？這樣的話，村田應該要恨那個女人，不會找上待田才是吧？又不是待田主動搭上她。」

「正常來講應該是這樣，但村田還是去找待田談判。應該是半哀求半威脅吧？可能還說『請你不要用金錢收買人心，她是我不能失去的女人』。待田會讓對方進入屋內，大概是他一開始頗具紳士風度吧！然而談著談著，村田開始無法控制自己。很不幸的是，起居室的茶几上剛好放著鋒利的剪刀。村田抓起剪刀打算恫嚇待田，卻激動得控制不了自己，等回過神來，待田已渾身是血地倒臥地上。」

「所以害怕得逃離現場？」

「沒錯。他先清洗自己染血的手，又拚命拭掉自己的指紋。他說，離開現場時並未故布疑陣。這表示，洗手間的套頭衫、壁龕的盤子皆是本來就有的東西。」

「本來就有？也就是說，是被害者做的室內設計？」

「與其說是室內設計，妳難道不認爲那是一種暗號嗎？」

小夜子嗤嗤地笑了：「是嗎？難怪你會說這個世界上充滿暗號了。問題是，被害者留下的暗號代表什麼意義？」

「火村教授已完美地解讀。」

「已解讀的話，應該要很自傲才對。可是，你剛才說他因失敗而受到打擊？」

「我是這麼說的嗎？我的意思是，雖然成功地解讀了，他卻絲毫不高興。」

「有什麼值得高興的？」火村淡淡地說。

「教授何不親自告訴朝井小姐爲何不高興的原因呢？若因我拙劣的說明而導致誤會，可不是我的本意啊！」

「那是連聰明的猴子都能說明的答案，所以還是交給身爲主辦人的有栖川先生吧！」

那我就不客氣啦！

「火村教授在現場各處見到的東西該說有一貫性嗎？……其實是彼此皆有共同點吧！」

「等一下！應該先確認究竟有些什麼東西。嗯，首先，走廊放著皮包，然後……如果村田的話可以相信，起居室茶几上有兩把剪刀，飯廳有一對木偶……客廳是音樂盒……空房間壁龕有開罐器……洗手間是套頭衫。一樓只有這些吧！二樓呢？」

「首先是和室的兩個盤子。」

「沒錯沒錯。書房裡什麼都沒有……被害者的臥房枕畔是破魔矢。儲藏室呢？啊，是教黑魔術的書。這些東西有共同點？太牽強了吧！」

的確是很牽強。

「成對的東西有好幾種，剪刀、木偶和盤子，這能算暗示嗎？」

「太過拘泥會失敗的。」

「這些東西與放置的地點有關連嗎？」

我彈響手指：「不簡單！雖然過於拘泥不太好，但是放置地點確實有其含意。」

火村面向攤子外面而坐，像是吃飽後想休息似地抽菸。但是他的聽覺神經應該集中在我們的談話內容吧！

「構成要素總共幾種呢？」小夜子沒出聲地以平常未有的可愛模樣屈指計算，「總共是九樣？」

「不錯，但，事實上更多。」

她咬著下唇，眼神銳利地沉吟著。

這就是她的個性，絕不輕易要求對方給予暗示。

「你的說明有幾個地方有問題，都是故意提到的東西，譬如，二樓窗戶的藍色窗簾，對不對？」

「不，那無關。」

她伸出食指指著我胸口：「鞋櫃上的花瓶應該有關吧？」

「有。」

「還有，玄關的地毯也很可疑，刻意採用天使魚的圖案。」

我不得不佩服了：「妳說得沒錯，那也有關。」

「啊，等一下！玄關天使魚圖案的地毯與刻著獅子圖案的開罐器必然有其意義存在，而且皮包是牛皮，套頭衫是白色羊毛，這些也有關連吧！」

我愈來愈佩服她了。她已逐漸逼近核心。火村教授應該也心跳急促地凝神靜聽吧！

「雖然還缺少一樣，但，會不會和干支……不，十二星座有關？」

我替她在杯子裡斟入啤酒。

「天使魚是雙魚座，沒有插花的花瓶是水瓶座吧？刻著獅子的開罐器代表獅子座，牛皮皮包是金牛座，羊毛套頭衫是牡羊座。」

小夜子天眞無邪地笑了，繼續說明隱藏的「暗號」之意義。

「破魔矢是射手座，兩個盤子是天秤座——這是因爲，家裡並沒有眞正的弓箭與天秤，所以用此替代。黑魔術的書……我知道了，封面的死神應該是長著羊角的惡魔，所以是山羊座，至於『少女的祈禱』音樂盒當然是處女座。」

「一對木偶呢？」

「雙子座。」

「兩把剪刀？」

「哈，是巨蟹座。」

答案完全正確。

「缺少的一個是什麼？天蠍座。」

「沒必要，因爲那是十一月底出生的待田所屬的星座，他不用記也能知道。」

「不用記也能知道？啊，待田是想記住十二星座？」

「依教授的推理應該是這樣。」我拍拍仍背對我的火村肩膀。

副教授蹙眉，叼著菸回頭：「不是推理，是猜測。只是本人已死，無法一問究竟。」

「一個大男人爲什麼想記住星座名稱？」小夜子問。

火村無奈地回答：「爲了迎合女性。他是認爲，女性應該都會比較喜歡占卜的話題，所以一心一意想學習最基本的占星術，努力記住十二星座的名稱和順序。」

「連順序也記住嗎？占星術不是都從牡羊座開始算起？」

「雜誌上確實是如此。不過，從一月二十一日至二月十八日的水瓶座開始應該會比較容易。」

「也……許吧！」

「他一回到家，首先看到鞋櫃上的花瓶，然後是玄關的地毯。進去後，右手邊是洗手間，接下去是飯廳、起居室。然後逆時針左轉，首先是有壁龕的空房間，接下來是客廳。上到二樓，右手邊是有壁龕的和室，隔壁是書房，再左轉是臥房，最後是儲藏室。依照這個路線在家中繞一圈便可以記住眼前見到的東西，這是記憶術的初步。朝井小姐對占星術有興趣嗎？」

小夜子搖頭，表示沒有多大興趣。

「這麼說，妳應該不太記得占星術十二星座的正確順序囉？不過，現在如何？記起來了吧？」

「眞後悔，好像記起來了。」

「可見這種方法很有效，對不對？若是在自己家中如此排列，成效將會更顯著，若家裡沒待田家這麼大，要加以應用就更簡單。」

小夜子聳聳肩，嘆息出聲。她應該是明白了火村的心情：感覺似乎是很深刻的謎團，實際解讀後卻發現沒什麼大不了，當然會有如洩氣的皮球了。

「世界上充滿暗號！今天的主題是，對任何事都不能粗心大意。」我接著提議，「我們接下來換個地方吧？帶妳去射箭場，那裡是新世界的著名景點，讓妳見識一下火村教授的專長。」

不過，我忽然想起小夜子的食指纏著繃帶。

「朝井小姐的手指受傷了，我們下次再去吧！」

「沒關係。」她解開纏在手指上的繃帶，上面連絲毫的擦傷也沒有。「這只是用來代替備忘錄，看到就能想起『別忘了明天要買送給堂弟的畢業禮物』。現在，帶我去射箭吧！」

火村笑著站起來。

紅帽

從二樓下來的男人戴著紅色帽子，是附上遮耳片的獵帽。

這位客人登記住宿時，由於穿著打扮特殊，櫃檯服務生曾特別注意過。帽子本身屬於相當瀟灑的設計，色澤也是深葡萄酒紅，但和男人的臉型完全不搭，與男人身上穿的深綠色棉織背心也不諧調。當然，這種穿著屬於個人喜好，飯店人員本就不該批判客人的品味。

見到住宿登記卡姓名欄上的赤松某之名，忍不住想：這個人連姓名都是以紅色爲註冊商標。年齡欄上是與自己同樣的三十歲，可是，臉孔顯然比自己蒼老一些。

戴紅帽的赤松將手上的房間鑰匙晃得嘩啦作響地走過來。可能在房裡匆匆淋浴過吧？感覺上神清氣爽。

「南區也完全變了樣呢！尤其是湊町一帶。」男人用沒有抑揚頓挫的聲音說。

「是的，畢竟鐵路都已經地下化了。您很久沒來大阪了？」櫃檯人員接過繫著３０５室號碼牌的鑰匙，客氣地問。

「對啊，已經離開好幾年了，到處都是沒見過的東西。現在還不到六點，出去看看還有些什麼新的改變吧！咦？」

男人見到由外進入的中年女性手上拿著雨傘，開口問：「下雨了嗎？」

大型落地窗外開著各色各樣的傘花。

「果然如氣象預報所說的下雨了。客人，您有帶傘嗎？」

可能是想，如果沒帶傘就打算借他塑膠傘吧！

但是，赤松拍了拍手上提著的小行李包：「沒問題，這裡面有傘。再說只是小雨，不撐傘應該也沒關係。謝了！」

最後的「謝了」兩字帶著些許關西腔，但無法判斷是他本身慣用的腔調，或是四處旅遊學會的腔調？

櫃檯人員說「請慢走」後，送他出了大門，立刻開始招呼剛抵達的女客人。

紅帽消失於飄著小雨的街頭。

之後，赤松再也沒回３０５號房。

※

「眞的很可惜啊！媽媽桑。到九局上半爲止，壘上只有一位漏接上壘的跑者，雖然不能創造無安打無上壘紀錄，但也可以奪得無四壞球紀錄的，何況每局都有三振。瀧井今天的指叉球也夠犀利，我本來確信能贏球，卻……」

「結果卻被打了那支安打……那是支形同漏接的安打，可能是中堅手判斷錯誤吧！」

「或許是燈光照到眼睛，不過對投手來說卻造成最大傷害。」

「絕對會被懷恨一輩子哩！」

並排坐在L型櫃檯前的醉客們仍執拗地談論一小時前就已經結束的球賽。剛開始時是向媽媽桑說明，緊接著卻變成看過比賽的人互相熱鬧交談。四十幾歲的男人們彷彿小學生般亢奮。

她在空杯中注入啤酒。

「太可惜了！不過，能觀賞到如此令人興奮的比賽也算不錯了。今晚的門票應該比較便宜吧？」

「還好。比賽也贏了，野牛隊應該能升上第二名。」

四周響起「對呀、對呀」的附和聲，話題轉爲對今後賽事的預測。

媽媽桑抽著香菸想著，這些人只要談到棒球，好像所有的疲累立刻消失，眞令人羨慕啊！同時，視線移至狹小店內裡側的桌上。有兩位約莫三十多歲的男人，額頭相抵地正談論著什麼。

這兩人約在四十分鐘前進來，點了小菜和摻水威士忌後就一直維持這樣子。兩人都穿素色背心，沒打領帶，看起來不像下班後的上班族。面朝這邊的男人頭戴一頂形狀怪異的紅色獵帽。兩人都是第一次來，戴帽的男人說著一口標準語。

她很好奇對方談些什麼，於是特別凝神靜聽。可是櫃檯客人們的高談闊論與電台播放的音樂——她最喜愛的莫札特——卻掩蓋了兩人的聲音，很難聽得清楚。不過，時而仍能捕捉到幾句有意義的內容。

「對了，SHITA 好嗎？」

「應該不錯吧！我最近沒碰到他。」

大部分是戴帽者問，另外一人回答。

「還是……你還在演奏中提琴吧？持續相當久了啊！」

「你就是喜歡打聽別人的近況。」

她很在意某句話。背對這邊而坐的男人說「演奏中提琴」。難道是交響樂團的中提琴手嗎？如果是，或許會對比較適合演歌的沒落夜店居然播放莫札特的弦樂四重奏感到奇怪。

但是，「持續相當久了啊」的說法又很刺耳，這就好像對小孩子說「你還在學鋼琴嗎？是嗎？那持續相當久了啊」。也許他並非職業演奏者吧！

「媽媽桑，幫忙弄點別的小菜吧！」

櫃檯方面傳來聲音，拉開她對裡側座位客人的注意力。

1

六月十日。

昨晚入夜前開始下的雨，過了半夜逐漸轉劇，到拂曉已變成一小時降下約三十公釐的豪雨，很多人天剛亮從夢中醒來時，都很驚訝那瀑布般的聲音到底是怎麼回事。

睡在木津川岸邊小原公園一隅的廣山，全身浸泡在由帳蓬周圍挖掘的排水溝所溢出的水中，慌忙地跳起來。但是，既然都變成這副樣子，那也沒辦法了，只能把幾件替換衣服和十幾本藏書塞入購物袋內，撐傘離開帳蓬，找個可以躲雨的地方。

「船長竟然逃出沉船，眞是差勁！」

爲了忘記突然襲來的不幸，廣山敞開心胸，嘴裡哼著歌。即使這樣，他仍苦惱著如何能在眞正的梅雨季來臨之前，建立舒適的遊民生活。當然，若能在某處高速公路底下築一個適當的窩最好。

一路上思索著這件事，縮著肩來到了連結大正區與浪速區的大浪橋邊。他本來打算在橋下躲雨，但是袋內的書本太重，細繩整個嵌入手中，相當疼痛。難道過著遊民生活的吉普賽人眞的不需要帶這麼多書嗎？眞的應該丟棄各種東西讓行動更輕便嗎？雖然夥伴們曾說「阿廣是讀書人、知識分子」，他也以此沾沾自喜，可是，若讀完後能記住內容，的確沒必要把書帶在身邊。

「原來如此，我懂啦！」

廣山走上階梯。他決定把書全部丟入河裡！但是眞要處理掉藏書時，變得優柔寡斷也是讀書人的特色，很捨不得將一切都丟棄。他用下巴夾住雨傘撐著，從中翻找挑選不要的東西。《韓波詩集》、《三國志》、《中島敦全集》絕對不能丟；《聖經》雖然很少翻閱，可是丟棄會遭天譴；枕邊書江戶川亂步和谷崎潤一郎的作品也不行；地圖類的書籍也想留在手邊。這麼一來……

他楞在豪雨中，下巴夾著傘。

眞差勁，連這點決心也沒有。

正躊躇之時，環狀線電車震動背後的鐵橋，連續駛過好幾個班次。

他發現這些都是一旦丟棄便不知何時才能再取得的書，於是決定全留在身邊。很快地，心情立刻輕鬆起來，想起曾見過的標語：「不勉強，隨心所欲地生活」。

還好沒太衝動。他放心了，俯瞰橋下。在劇烈的大雨敲擊下，整個河面像是沸騰一般。而且，有某樣東西漂浮其上。

他凝神細看，倒吸一口氣——漂浮在河面上的是具俯臥的人體。

2

房裡昏暗，似乎比平常還早醒來。

到底是什麼時候了呢？他看向枕畔的鬧鐘，還不到六點。也不是不能再睡片刻，卻總覺得沒什麼意義！森下惠一猶豫數秒後，決定起床，心想：偶爾在上班前仔細看看報紙也不錯。

但是，今天一大早就感覺怪怪的，在六月的這種時間，外面應該早就天色大亮才對。望向窗外，他終於注意到外面正下著大雨。原來室內會如此昏暗、自己從方才就一直覺得不對勁的原因都是來自毫不間斷、有如噪音般的雨聲。

探頭至陽台一看，對岸景物一片朦朧，流經屋後的西道頓堀川的水位似乎也升高不少。

豪雨的另一邊是模糊的大阪巨蛋。森下想起昨天電視轉播的球賽——近鐵野牛的瀧井幾乎達成無安打無上壘的刺激賽事。但是，今天早上，比賽現場也沉在雨幕中。

看樣子在上班之前是不會停了。今天會下一整天嗎？他很在意天氣好壞，起身至門口的信箱拿報紙。插在信箱的報紙有一部分已經溼透。他一面同情在這種日子送報的送報生，一面翻開今天的氣象預報。果然是整天下雨，預估入夜後才會停止。

他把昨天慢慢喝到深夜的啤酒罐丟進資源回收用的塑膠袋，在桌上攤開報紙，先看與自己職業有關的社會版。最大篇幅的報導是昨夜九點前發生於愛媛線的五級地震，然後是少年集團當街搶劫的事件，現場在神戶市灘區。看來府內似乎未發生重大事件或意外事故。他正想仔細閱讀與地震相關的新聞時，電話響了。

「喂，起床了嗎？」

由於不待響第二聲就接聽，對方好像很意外。是上司鮫山副警部。

「被雨聲叫醒的。早報好像沒報導任何事件？」

「剛剛接獲通報，木津川發現浮屍。」

雖然聲音非常清晰，森下仍反問：「木津川？」

「沒錯，我記得你住的公寓是靠櫻川那邊吧？」

「在幸町。」

「那麼你立刻直接趕往現場。從幸町過去的話，步行頂多十至十五分鐘。我告訴你地點。」

森下慌忙伸手想拿紙筆，不過，並沒必要特別記下來，只聽到「大浪橋」三個字，他就明白是在什麼地方了。

「你說的浮屍是殺人命案嗎？」

「是溺斃，不過頭部有遭人毆擊的傷口。警部和我稍後會到，你先過去聽聽轄區員警怎麼說。」

「知道了。」森下回答後，掛斷電話。

沒時間悠哉地看報紙了，輪休才剛過，立刻又要面對殺人事件。

洗過臉，瞪著自己在鏡中的臉孔，他低聲說「可以出門了」。但總覺得自己的臉不太像是調查一課的刑警。當然，被調派至調查一課才一年多，震懾力不足也是無可奈何，不過，查訪時常會被問及「你眞的是刑警嗎？」讓他很希望能及早脫離這種窘境。畢竟，他並不喜歡被女性調侃「刑警先生，你很帥喔！是傑尼斯的藝人嗎？」，另外，被認爲「你們該不會是在拍電視劇吧」時，更讓他難堪。

梳妥頭髮，開始換衣服。邊穿上亞曼尼西裝邊想，只要穿這一身衣服前往現場，看起來就不像刑警吧？但轉念一想，刑警眞的就要有所謂刑警的打扮嗎？有時不像刑警，在查訪時應該會有加分作用吧！他釋懷，愼重繫好領帶。

出來到仍舊靜悄悄的走廊，進入電梯，發現裡面又多了昨天傍晚爲止還沒有的兩幅塗鴉，都是赤塚不二夫的漫畫角色。雖不知是幾樓的誰所爲，不過看畫法可知是同一人所爲。這棟單身公寓的住戶幾乎都是二十幾歲的的單身漢，沒有任何小孩子，森下無法理解爲什麼這種年齡的人還會做出如此無聊的事。

來到樓下大廳，地板上散落著一大堆廣告傳單，淨是些標榜出差服務的風化場所或色情錄影帶量販店的傳單。森下對於將這種東西隨意塞入信箱的業者感到很不悅，對於不順手把這種東西丟進垃圾筒的住戶們更是生氣。

森下心想，自己是個很平凡的男人，並無特別潔癖。見到塗鴉或散亂的傳單時，也不會氣得怒罵「眞是無聊，一點都不懂禮貌」。住在都會的中心區，雖然與同一公寓的住戶極少碰面，但是偶爾在走廊碰上了，還是會相互寒暄。住戶們看來都是很正經的人，沒有喝酒喧嘩或把音樂開得很大聲的無常識者。白天一定各自拚命工作、汗流浹背吧？卻只因爲住在這種單身出租公寓便做出這樣愚蠢的行爲。森下彷彿體認到人類這種動物的界限一般，忍不住感到寂寞。

說到寂寞，玄關前並列的信箱也令人感到心寒。五十多個銀色信箱雖有寫上房間號碼的牌子，卻皆未貼上名牌。當然啦，只要有房間號碼，郵件就能寄達，所以不想公開姓名以免惹麻煩吧？

不僅信箱，公寓內的每個房間——除了森下的房間以外——都未掛上名牌。若是獨自生活的單身女子，是有必要小心謹愼，可是男性……感覺上不只是因爲怕麻煩，或許還懷著某種戒心。

即使這樣，沒掛上自己的名牌還能算自己的窩？自己的城堡嗎？森下覺得這個國家像是被溼透的報紙似的不幸所籠罩，心情一直無法平靜下來。

他轉換心境，告訴自己現在並非思考這種事情的時候，開傘衝入雨中。傾盆大雨絲毫未見緩和，只走了一個路口，褲管就已淋溼變色。來到千日前街，過了汐見橋的十字路口，繼續往西走。過往車輛濺起巨大的水花，他只好盡量遠離車道。

由北方流過來的木津川與從東方流過來的西道頓堀川在大正橋下匯流，而後轉爲木津川和尻無川分流向南、西兩方。森下在大正橋前左轉，沿著木津川走在家庭工廠林立、不見人影的道路上。雖然靠河邊走，畢竟河堤很高，所以無法見到河面。穿越過環狀線的高架橋下時，頭頂上方正好有電車轟隆駛過。

不久，前方可以見到紅燈轉動。巡邏警車停在大浪橋下。

他加快步伐。

「辛苦了！」森下對站立巡邏警車旁的便衣刑警說道，表明自己是調查一課的森下。

比自己小一號、五短身材的男人自稱是浪速警局的二瓶。

「森下先生，這麼大雨，你居然第一個趕到？」二瓶手肘靠在敞開的車窗上，抬頭望著森下。

「我就住附近。」

「是嗎？不過，這兒是橋下，不需要撐傘。」

森下尷尬地收起雨傘。

「從那邊的階梯往上爬，可以見到停著的疏浚船，屍體就掛在繫住船隻的纜繩上，不過已被打撈到堤防邊。」

「你說掛在纜繩上，這表示是從上游漂下？」雖然明知問眼前這個人也不可能知道，森下還是忍不住開口。

「這就不清楚了。發現者在這裡……怎麼樣，身體暖和了嗎？」二瓶朝車內出聲。

車內有一位一看即知是遊民的男人正喝著罐裝咖啡。

「是的，託你之福，整個人總算活過來了。」

「那就好。現在能請你再詳細說明一次嗎？」

車內的男人瞥了森下一眼：「嘿，這個人眞的是刑警嗎？」

這麼快就來了？

森下取出警察手冊，翻開讓對方看。

車上的男人微笑：「眞是不好意思，敝姓廣山。不過，森下先生，就算你喜歡追隨流行，下這種大雨也不用穿這麼昂貴的西裝吧？隨便穿件普通衣服來現場應該就行了吧！」

一旁的二瓶似乎有同感，露出苦笑似的神情。

森下刻意以不讓對方察覺自己好像在解釋般的語氣回答：「這邊已經縐掉了，正打算送洗，所以溼透也無所謂，順手就穿上了。」

「這的確是合理化的精神，原來如此。」廣山奇妙地佩服起來，「你是步行前來嗎？難道這附近有警察宿舍？」

「我沒住宿舍，只是住在這附近。」

「嘿，眞令人意外！這麼年輕就結婚了？」

廣山大概誤以爲單身的警察都是住在宿舍吧！但是，現在並不是閒話家常的時候，森下要求對方說明發現屍體當時的狀況。

「雖然你說『狀況』，但那只是我當時急著躲雨，匆匆來到這裡時，卻發現橋下漂著一個人，所以馬上用附近的公用電話撥打一一〇報案。」

森下深入追問對方爲何會這麼一大早經過橋上的原由，廣山也毫無遲疑地應答，同時，稍遠的對面也可以見到他搭帳蓬生活的公園。

「我聽說好像是他殺事件？」廣山問二瓶。

浪速警局的刑警不帶笑容地回答：「還不能確定。」

「是遭人推下，或失足摔落，還是自行跳河，都必須深入調查後才能斷定，因爲死者是在這一帶墜河，或是從上游漂來都還不知道。對了，你一向浪居生活，所以想向你請教，從昨天晚上至今天清晨，是否曾發現什麼奇怪的事？譬如看到可疑的人或聽到奇怪的聲音？」森下問。

「啊，這是發生殺人事件時才會問的問題吧！不過，很遺憾，我沒注意到什麼特別奇怪的地方。但是，如果你在這附近查訪，可能會聽人說公園有可疑男人居住吧！」

搭帳蓬生活的男子好像眞的只是路過的發現者，也是善良的報案者。由於府警局的人很快就會趕到，所以森下要求對方暫時留下，順便當作躲雨。對方痛快答應後，略帶顧忌似地說肚子餓了。二瓶答應稍後會買麵包請他。

「那麼，我去看看死者。」森下說。

二瓶伸手指著：「就在堤防另一頭，機動警網和浪速警局的人也在那邊。」

森下戴上手套，撐傘走入雨中。爬過堤防一看，撐起來遮雨的藍色塑膠蓬底下有幾位辦案人員。森下表明自己是府警局的人，進入塑膠蓬下。一位身穿雨衣、約莫四十開外的男人走過來，自稱是浪速警局的疋田。他的臉型有如木屐般方正，肩寬體闊，只是頻頻眨眼讓人覺得有些不自然。

「聽說是溺死……」森下像是不想輸給吵雜的雨聲似地大聲說。

「不、不！」疋田搖頭。

電話中明明是這麼說的。

「鑑識課人員初步觀察時發現嘴裡吐出泡沫，所以懷疑可能是溺死，不過是否眞的溺斃還得等解剖之後才能確定。就在這邊。」

他側身。男人的屍體俯臥在他腳邊，中等身材，穿著深綠色背心和棉織長褲，袖口處可見廉價腕錶。右腳穿著鞋子，左腳則穿著腳跟處已磨薄的襪子。雖說有可能是不注重穿著的個性，但從衣物的質料推測，死者應該不是過著富裕生活之人。年齡大約三十五歲左右，五官輪廓很淺，屬於平坦型。

貼近細看，臉上與露出袖管的手腕都有雞皮疙瘩。

森下想起鮫山在電話中說過死者頭部有遭人毆擊的傷口，於是繞至屍體頭部仔細觀察，在頭頂稍後方確實有幾公分長的裂傷。乍看像是被刃物割傷，不過也可能是落水時遭水泥稜角劃傷。不，那樣的話，受傷部位就顯得不太自然，而且也非很深的傷口。

「好像是遭毆打之後推落河中。」疋田蹲下，推起屍體上半身，掀開背心胸口部分。姓名標籤有被人粗暴扯掉的痕跡。犯罪性相當明白！

「隨身物件中也沒有能辨識身分之物，或許是在河裡漂流時被沖掉，但是，死者不應會自己如此粗暴地撕掉姓名標籤。」

「死亡經過時間應該不久。」

即使只是表面觀察，應該也不會有太大出入。

疋田頷首：「依鑑識課員推斷，死亡時間是昨夜十點至今日凌晨三點之間。」

看起來是這樣。如此一來，當然尚未腐壞，所以不可能是因爲氣體而浮出水面。該如何推定事件的輪廓呢？森下邊與疋田交談，邊思索著。

「舉例來說，可以這麼認爲，首先，被害者遭某人毆擊喪失意識。兇手是否一開始就抱持殺意無從得知，所以無法推測是謀殺、結果卻只是讓被害者昏迷？或者打算將被害者丟進河裡而刻意使其昏迷？當然也可能是被害者暈厥過去，兇手卻誤以爲『啊，殺人了』。不論是哪一種，兇手一定慌張地奪走能確定被害者身分的所有物件，把被害者棄置河中後逃走。被害者在水中清醒過來，可是，就算是游泳選手，要游回陸上也非常困難，因爲他不僅頭部受傷，水流也因豪雨而相當湍急。他雖然拚命掙扎，最終還是喝下大量河水而隨波浮沉，不久漂到這裡被疏浚船的纜繩纏住，活生生地溺斃。」

森下自己覺得很有說服力。暗窺疋田的反應，發現對方不住點頭，總算鬆一口氣。

「從假設上而言是可以成立，不過，屍體是如何被纜繩纏住呢？抑或被害者是在尚有氣息時抓住纜繩？」

疋田默默重新檢查屍體的雙手手腕。上面有些許擦傷，可認爲是被害者拚命抓住纜繩的證據。

「如果森下先生的推測無誤，被害者被推落的地點應該離這兒不遠，因爲，喝下大量河水的同時還能漂流幾公里未免太不自然。」

「沒錯，也許眼前的大浪橋就是棄屍地點。」

「如果在深夜是有這種可能！這樣的話……還是在我們的轄區內了。不，也有可能屬於大正區那邊。」疋田面無表情地搔抓脖子。

當然，屬於哪一轄區發生的事件是他最爲關心之點。

報案者廣山表示昨夜並未聽到可疑的聲音。問題是，就算兇行現場在附近，也可能被豪雨的聲響掩蓋而聽不到任何聲音。

「豪雨最大時，很少有人會在深夜閒蕩，所以要找目擊者相當不容易。」疋田仍在搔著脖子。

「應該吧！但是被害者與兇手也在雨中閒蕩，因此，若有目擊者，對方一定會留下深刻印象。」森下說著，忽然產生一項疑問。被害者與兇手在大雨中做些什麼事呢？是兩人之中有誰住在附近，正打算回家嗎？若是這樣，或許就能查出被害者的身分。

雨勢仍舊很大，嘩啦啦地敲打著塑膠帳頂。

只有這場雨目擊一切！身軀已冰冷、躺在水泥地上的男人來自何處？與誰一起？發生什麼事而被丟入河裡？一夜的豪雨不僅消除人跡，掩蓋住兇行的聲音，還沖刷掉無數的證據。

森下思索這些事情時，背後響起疋田說「辛苦了」的聲音。他回頭一看，光禿的頭先進入帳內，緊接著是肥胖的身影——綽號海和尚的船曳警部到了。

森下急忙走向警部。

「森下，真難得啊！後面的頭髮，你居然有睡癖。」

被警部這麼一說，森下慌忙摸著後腦勺。雖然不清楚怎麼回事，仍說「是嗎？」，並用溼濡的手拂平腦後的頭髮。

警部笑著看他，森下這才發現被捉弄了。

「真是糟糕，連是否有睡癖也在擔心，像我就輕鬆多了。好啦，先別開玩笑，大家集合了。」

警部似乎也與森下一樣，已聽過二瓶與廣山的說明。

「看樣子是殺人事件，現場可能離這裡不遠……」

警部聽著森下報告，雙手輕輕合十，蹲在屍體前，同時催促森下：「繼續說。」

森下依序說明狀況。

「姓名標籤的確被扯掉。如果是失足掉落河裡，應該會留下一些隨身物件。」警部檢查屍體的衣服，喃喃說道。然後把註冊商標的吊帶在大鼓般的肚子用力一彈。

「可能是活生生地漂流至此，然後被疏浚船的纜繩纏住……」森下說。

但是警部立刻打斷：「有此可能。」

雖不知道是與自己有相同推測，或是單純的不否定此種可能性，但森下已相當高興。

等到雨勢轉小，鮫山副警部一行人陸續趕抵。現場氣氛轉爲熱絡，森下的情緒也亢奮起來。自己是調查一課中最先抵達現場者，無論如何都希望對事件的解決有直接貢獻，而且也希望能表現專業的能力，不要再讓鮫山調侃「惠一，快點成爲眞正的刑事吧！」。

看來像學者而非刑警的鮫山似乎看穿森下的心思，說：「這是新主任上任後的首樁事件，好好加油吧！」

森下注視著對方金屬鏡框後面的眼眸：「是的。」

鮫山的語氣雖然有點調侃意味，但森下非常清楚，到去年爲止還在阿倍野警局的自己能升遷至府警局，完全是調查某事件時與自己搭檔行動的這位刑警向警部推薦。

未待法醫解剖的結果出來，下午立刻在浪速警局成立了殺人事件的特別專案小組總部。

3

這裡是名爲「維也納」、面朝千日前街、店面狹窄的小酒館。由於餐飲店幾乎集中在大阪巨蛋至大正車站一帶，所以這裡早已沒落。但是熟客們好像頗愛到此小酌幾杯，因此還算經營得有聲有色。

推開掛著「準備中」的店門，喊了聲「打擾啦！」。

店內是一眼即可看得清清楚楚的大小，櫃檯內穿白色夏季套頭衫的女性抬起臉來。應該快四十歲了吧？但可能因爲長髮垂覆至胸口的緣故，看起來非常年輕。

「請問是媽媽桑嗎？」森下問。

「是的。」對方立刻回答。

「抱歉，在妳準備中、百忙之時打擾，實在不好意思。」疋田組長方正的臉上浮現笑容，「我們是警察，有一點事情想向妳請教。」

見到疋田出示的警察手冊，媽媽桑默默頷首，放下正在擦拭的玻璃杯。

「對不起。」說著，疋田和森下在高腳椅坐下。

「難道是要調查殺人事件？中午的電視新聞說木津川發現男性浮屍。」媽媽桑的直覺相當敏銳。

或許因爲發現屍體的現場離自己的店只有三、四百公尺，所以才猜到刑警很可能會找上門吧！

「沒錯，請妳務必協助調查，不會耽擱妳太多時間。」疋田說著，取出一張紙置於櫃檯上。

那是根據屍體所畫出的被害者容貌，上面附加說明，也畫了全身的穿著。

媽媽桑將長髮拂向背後，彎腰，臉孔貼近。

「那是死者的畫像，妳見過這個人嗎？拿起來看沒關係。」

媽媽桑眉頭深鎖，不久，神情轉爲開朗，望向兩位刑警：「見過，很像昨夜到我店裡的客人。」

森下心想：才剛開始查訪一個小時，這實在是莫大的收穫，畢竟，媽媽桑的態度毫不猶豫。

不過，疋田愼重求證：「是常客？」

「不，只見過一次。但是服裝完全相同，是深綠色棉織背心，對吧？因爲穿著太過不搭調，我才會記得特別清楚。」

「長相也是這個人的長相沒錯？」

「非常神似。這位客人坐在那邊的座位。」她指著裡側的桌子，「因爲面朝這邊，所以幾乎是從正面見到他的臉孔。」

疋田瞄了森下一眼，眨了眨。

看樣子應該不會錯了。

森下將手肘拄在櫃檯上，身體探前：「這個人是什麼時候來的？」

媽媽桑轉頭望著他，食指抵著額頭沉吟：「時間嘛……對了，是九點二十分過後，棒球賽結束，巨蛋的觀衆開始陸續前來的時候。不久後，約九點半時，熟客也紛紛進來，大家熱烈討論著，似乎是昨天的球賽很有看頭。」

熟客們討論些什麼無關緊要，重點是深綠色背心的男人。

「他是九點過後獨自前來？或者……」

「和另外一個人結伴前來，是同齡的男性，身材也神似。」

出現重要的證詞了。說不定該男性就是直到最後都與被害者在一起之人，換句話說，他可能就是兇手。但是，問及是什麼樣的男性時，媽媽桑的表情突然轉爲迷惘，只說對方進來時低著頭，背對櫃檯坐著，離開時則由深綠色背心男人付帳，所以並未清楚見到其臉孔。至於服裝方面，也只記得是素色外套。

雖然遺憾，卻也無可奈何。

「那兩位客人談了些什麼？」

「這……我聽不清楚。櫃檯的客人聲音很大，店內又播放電台的音樂，只能聽到一點點。畫像中的人向對方詢問各種近況，譬如『誰怎麼了？好嗎？』之類，也問『還在演奏中提琴嗎？』。」

「中提琴？」森下反問：「是像大型小提琴的樂器？」

「不錯。當時我在想，眞是人不可貌相，居然是與音樂有關的人。雖然這樣，但後來並未再提及與音樂相關的話題。」

「那兩人在這裡逗留到什麼時候？」

「十一點左右。當時雨勢猶未轉大，戴紅帽的男人……」

森下和疋田同時喊暫停。

「紅帽？怎麼回事？」

媽媽桑楞了楞：「哎呀！我剛沒提到嗎？」

「沒錯，完全未提及。」疋田靜靜地說，「是其中一人戴著紅帽嗎？哪一個？」

媽媽桑指著畫像：「就是這位客人，死亡的……」

「什麼樣的帽子？」

「該怎麼形容呢……啊，是年輕人不太會戴的那種，也就是……」大約經過三十秒，她才想到獵帽這個名詞。

「像這樣嗎？」森下在記事本上畫出帽子圖形給對方看。

「對、對，就是這個。」媽媽桑拍手，「與其說是紅色，或許稱之爲葡萄酒色更爲貼切。」

就算不是鮮紅色，只憑戴獵帽這點，就已是非常醒目的特徵。森下心想：這樣查訪起來應該很容易才對。

不過，疋田並未忘記媽媽桑只說到一半。

「這是很有用的情報。對了，十一點左右怎麼了呢？戴紅帽的男人說『再去另一家』嗎？」

「是說『再去另一家』或『回家吧』，我沒聽清楚，不過，戴紅帽的客人催促著『走吧』，然後掏出皮夾走向櫃檯說『媽媽桑，結帳』。」

「同行的男人只是默默跟著？」

「是的。」

「當時是什麼情況，兩人給妳的印象如何？是非常融洽？或戴紅帽的男人得意地說『我請客』？或他的同伴一臉『你本來就該請客』的表情？」

媽媽桑用食指捲繞著長髮髮梢，思索著：「並沒有特別融洽的感覺，也沒什麼不對勁，而且都已經是那種年紀的男人，應該也不會搶著付帳。」

這樣的話就可以從各方面想像兩人的關係。

「妳知道他們出了店門後朝哪個方向走嗎？」森下問。

「完全不知道。」媽媽桑簡短回答。

「是嗎？」疋田很遺憾似地接道，「兩人雖是第一次前來的客人，不過，媽媽桑可以推測對方是否為住在附近的住戶嗎？」

「你這麼問我也……對啦，不是有棒球賽嗎？也許是從巨蛋過來的客人。」

「沒提著行李或什麼的嗎？雨傘呢？」

「我記得戴紅帽的人好像帶著小行李袋。至於另外一人……應該是空手吧！也許有帶傘。」

森下很希望有更多能推測兩人身分的情報，於是追問中提琴的事。

媽媽桑聳肩：「我只是偶然聽到，也不明白誰是演奏者，當然，也可能是製造中提琴的師傅。」刑警們改變各種詢問方式，試圖喚醒媽媽桑的記憶，卻再也問不出其他消息。疋田遞出自己的名片，表示「如果想起什麼請跟我連絡」，然後問起昨夜來這裡的熟客。

媽媽桑說出四個姓名，並說其中一人就是附近電器行的老闆。

出了酒館，森下馬上用行動電話向專案小組總部報告。

電話轉接給船曳警部。

「紅帽？原來如此。」警部的聲音顯然相當滿意，也有已預期到會有這種結果之餘裕。

果不其然……

「被害者的身分應該很快就可以查出，他似乎是昨晚在南區的商務飯店登記住宿的房客。由於將行李置於房間後外出就沒有回來，在浪速警局轄區內的飯店人員覺得可疑而與我們連絡。無論長相、年齡或身材都與死者約莫一致，頭上也是戴著紅帽。」

目前這種時代，會戴紅色獵帽的男人並不太多，所以是同一人的可能性很大。不僅森下他們，整個專案小組總部都對事件開始抱持樂觀態度。

「昨夜店裡有四位熟客嗎？好，你們去找這四人詢問過後再回來，知道了嗎？LUCKY BOY。」

船曳用聲音拍了拍森下屁股。

4

從小酒館到附近的電器行，然後陸續聽完四位男子的陳述，花掉了出乎意料的漫長時間，因爲四人雖然全住在方圓一公里內，但卻都外出，很難找到人，所以只好在晚餐時間進行查訪，免得浪費時間，因此疋田與森下聽完四人的陳述後，回到專案小組總部已是深夜十點過後。不過，還有很多調查人員未歸，看樣子不到十一點，調查會議是沒辦法舉行了。

向警部簡單報告後，森下和疋田分手，在走廊的自動販賣機買了一杯咖啡，正覺得鬆一口氣時，鮫山來了。

鮫山從皮夾裡拿出硬幣，開口問：「找到被害者與同伴一起喝酒的店了？掌握他們之後的行蹤了嗎？」

森下搖頭：「不，完全不知道他們離開酒店後的行蹤。雖然很幸運的，媽媽桑記得當時在店裡的熟客，不過查訪後卻毫無收穫。大家皆背對那兩人，並未特別留意對方，而且很熱烈地討論剛看完的球賽，完全沒注意那兩人談些什麼話題。」

鮫山嘖舌：「哼，眞是的。」

森下以爲怎麼了，原來鮫山只是忘記按下不加冰塊的按鈕。

「確定被害者的身分了嗎？」森下問。

鮫山啜了一口可樂後回答：「確定了！你應該聽說了南區的飯店通報之事吧？就是距離ＪＲ難波站以南約一百公尺的『總統飯店』，是一家規模不大的商務飯店。我已經去過那裡。」

「啊，是嗎？結果如何？」

鮫山右手拿著紙杯，靠在牆壁：「在房客消失的客房內找到該房客留下的旅行袋，也從使用過的茶杯上採集到幾個鮮明的指紋，並與今天清晨的死者指紋比對。由於屍體浸泡在水中的時間並不久，能輕易地進行比對，發現兩者完全一致。」

已經比對過指紋了嗎？那麼，應該是無庸置疑了。雖然截至目前爲止，尚無法斷定出現於小酒館「維也納」的紅帽男人就是被害者，但……

鮫山接著說：「該男人是昨天下午五點五分登記住宿，沒有同行者。住宿登記卡上的姓名爲赤松永作，三十歲。住在大分市。」

比想像中還年輕。

「是來旅遊的？」

「雖然房內留下放著兩天份換洗衣物的旅行袋，不過打電話到赤松永作在大分市的家中卻無人接聽，因此住宿登記卡上所登記的事項是否屬實仍無法確定，目前已請當地警方協助調查。根據飯店員工所言，赤松講話帶著關西腔，或許以前是在這裡長大的。他還說過『幾年不見，大阪完全變了樣』

之類彷彿很訝異的話。」

「原來如此。也就是說，在『總統飯店』登記住宿的男人雖然已經確定與今天清晨的死者爲同一人，卻未確定他是否眞的就是居住在大分市的赤松永作？」

「就是這麼回事。不過，目前爲了方便說明，我們暫時還是以赤松稱呼好了。赤松似乎登記住宿後馬上就去淋浴，然後在開始飄著雨絲的六點前外出，當時曾與交付房門鑰匙的櫃檯人員略微交談，內容大致是『因爲時間還早，想去參觀一些新的改變』，至於他要去哪裡，櫃檯人員並未追問。」

很訝異大阪有這麼大的變化。

想去參觀新的改變。

森下思索：說出這種話的赤松會想去什麼地方呢？大阪巨蛋嗎？如果從南區的飯店前往，搭計程車只要十分鐘就能抵達。自落成後使用第二年的大阪巨蛋對他而言應該是很新的景點。

「赤松永作不會是想去大阪巨蛋吧？」雖是想像，森下仍忍不住開口。

鮫山默默將紙杯丟入垃圾筒。

「雖然不知道他從大分來這裡有何目的，但在傍晚獨自登記住宿，或許時間上尚有餘裕，這麼一來，前往大阪巨蛋觀看球賽應該是最適合消磨時間的方法。」

「那麼，他在走出飯店後，考慮著要去哪裡好時，便想到不如去看棒球賽嗎？」

或許就是這樣。赤松說過很久沒來大阪，如果一開始就打算至大阪巨蛋，和櫃檯人員交談時，應該會問要怎麼走比較快。

「爲了排遣一個人的無聊長夜而去看球賽嗎？嗯，確實也沒別的新名勝或景點……除了他在比賽結束二十分鐘後出現於『維也納』，以及浮屍巨蛋附近的河川之外，並無其他根據，不過卻是很合理的推測。」

「是的。那麼……」森下正要繼續時，不得不硬生生嚥下想說的話。因爲會議室那邊傳來通知調查會議開始的聲音。

疋田站在敞開的會議室門前招手。

「接下來是調查會議。對我們來說，這個夜晚會很漫長。」鮫山拍了拍森下背部。

正面席位上坐著調查一課課長、擔任專案小組總部主任的船曳警部、鑑識課長、浪速警局局長。森下斜眼望著一課課長與船曳額頭相抵，好像正低聲討論什麼，與鮫山並肩坐下。

似乎估好調查人員陸續就座的椅子喀啦聲停止的時間，新上任的刑事主任走進會議室。

室內溢滿緊張氣息。森下也縮回伸直的雙腿，併攏。

局長發號施令，敬禮。

「請坐。會議可能會拖得很晚，各位辛苦了！」刑事主任說著，開始訓話。

但是森下根本沒在聽對方說些什麼，他只知道接下來必須發表調查結果，拚命整理說明的順序。

接著由一課課長公布現場蒐證的詳細情形。這段內容無論如何都不能忽略，所以森下翻開記事本記錄重點。只要身旁的鮫山手上的原子筆動了，他便立刻跟著動。然後，鑑識課長站起來，報告被害者的死因乃是溺死，並補充說明被害者在落水前有明顯遭受暴行的痕跡，所以斷定是他殺的經過。

「那麼，現在聽各位報告，誰先開始？」一課課長手上的原子筆在空中晃動。

船曳警部點名鮫山副警部。

「是的。」鮫山應聲站起，攤出右手拿著記事本，左手輕輕握拳置於腰後的一貫姿勢，扼要說明在「總統飯店」查訪的結果。平常講話不太大聲的他，面對這種場合卻侃侃陳述，聲音響徹會議室所有角落。

內容都是剛剛在走廊聽過的，只不過報告得更加詳細。森下雖然知道赤松永作在飯店的305號房留下旅行袋，卻首次知道還有充電中的行動電話。被害者帶著行動電話，這表示就算飯店沒有通聯紀錄，登記住宿後，他也有可能曾與外界連絡。森下邊聽邊這樣想著。

鮫山忽然從口袋裡取出某樣東西。是個塑膠袋，裡面有小紙條。

「這是放在飯店桌上的便條紙。最上面一張有疑似赤松永作所寫的文字，所以將其帶回。依我個人的看法，這個筆跡酷似住宿登記卡上的筆跡。內容非常簡單，我在這兒唸出來，『克瑞吉里亞諾·第一號交響曲』。」

室內響起略略壓抑的喧嘩聲。

「什麼是『可以即時壓後』？」有人語氣嚴肅地問。

鮫山已周詳地備妥答案：「因爲後面有第一號交響曲幾個字，所以我判斷或許是音樂家的姓名，打電話向大型唱片行查詢，發現果然是現代音樂的作曲家之名。第一號交響曲是約翰·克瑞吉里亞諾（譯註：John Corigliano，現代古典音樂作曲家）的代表作，不過，除非是狂熱的樂迷，否則不可能會聽過他的名字。」

室內響起竊竊地交談聲，似是疑惑爲何會留有這樣的紙條。

森下回頭望向斜後方，看著疋田。兩人視線交會時，疋田頷首。被害者與現代音樂扯上關連，他和森下並不覺得突兀。

「被害者爲何記下這樣的內容，目前尚無定論。不過我猜測，說不定這是赤松與某人通電話時記下的重點。充電中的行動電話就放在這張紙條旁邊。」

「紙條內容的意義稍後再討論。」船曳催促鮫山繼續說明。

鮫山接著說明，等述及正與大分縣警局照會有關赤松的身分後，他的報告終於結束。

「接下來是森下。」船曳指名。

「啊，是的。」森下站起來。由於船曳曾要求他不能有「啊」的口頭禪，他心想「糟了！」，但卻太遲，慌忙瞥了警部一眼，發現警部神情嚴肅地注視自己。

刑事主任也交抱雙臂望著這邊。

森下述及與疋田一同在「維也納」酒館獲得的情報時，所有調查人員都取出記事本。他接著說明當晚在「維也納」出現的戴紅色獵帽的男人容貌與死者及鮫山方才報告的赤松容貌幾乎完全一致。最值得注意的當然是與此人在一起的男人究竟是誰？但是，關於這點，目前還欠缺能確認的資料，不過這男人在進入酒館時很可能就已經打算殺害赤松，所以才會刻意遮掩自己的臉孔。

報告進行到赤松說過「中提琴」如何時，室內又響起漣漪般的低聲議論。

「配合飯店留下的紙條，可以認爲赤松與音樂有關連，所以對方也可能與音樂有關。對此，酒館內沒有其他人聽到些什麼嗎？」船曳問。

「很遺憾，沒有。相反的，所有人皆不覺得死者予人音樂家的感覺。」

報告結束坐下時，森下鬆了一口氣，拿出手帕擦拭額際的汗滴。

初次調查行動的報告全部結束後，大家開始以報告內容爲基礎交換意見。

鮫山估好適當時機，發言：「這是我與森下刑警的推測——赤松也許打算前往大阪巨蛋。」

這樣一來，討論更加熱烈了。

假設赤松爲了打發時間去觀看職棒比賽，九點二十分左右出現於「維也納」時爲何會與人同行？對此，在場者各有不同觀點，有人認爲，雖然依飯店櫃檯人員的印象，赤松乃是無特定目的的出遊，不過，事實上或許是與朋友約好一起前往巨蛋，或是兩人約在巨蛋碰頭；也有人表示，赤松只是偶然在球場內遇見熟人，爲了敘闊而至酒館喝酒。

雖然並未討論出結果。不過衆人一致的看法是，赤松的同伴與其說是極端重要的證人，不如說此人就是兇手的嫌疑非常濃厚。

時鐘指針指向十二點半，開始確認明天的調查方針。

「等接到大分縣警局的報告後，澈底清查赤松的交友關係。對飯店的遺留物也繼續深入調查。還有，在現場附近進行澈底查訪。」雙手勾在吊帶上的船曳警部對調查一課與轄區警局總共十八位偵查人員說。

森下與疋田繼續搭檔行動。

「那麼，今天就到此爲止，辛苦各位了！」一課課長宣布會議結束。

森下心想，都已是午夜過後，「今天」的說法並不正確。忽然，他想到一件事，輕呼出聲。

「怎麼回事？」鮫山問。

森下回答說今天要睡在練習場，自己卻忘記帶替換衣物。

鮫山微笑，看著他的西裝：「如果是亞曼尼的睡袍，那可眞不簡單。」

5

翌日，天氣晴朗無比。

過了中午，森下終於有機會順路回自己住處換下被汗水和雨水浸透的西裝。

「久等了。」他回到樓下說。

疋田正站在公寓前抽菸。

「一身清爽地重新登場嗎？」前輩刑警笑道：「又是名牌？看樣子你對穿著相當講究。」

聽來不像諷刺或調侃。可能因爲已是第二天搭檔，語氣比昨天隨和許多。

「也許你會認爲，身爲調查一課的刑警，這樣的穿著打扮不太合適，不過，我會這樣做是有理由的。雖然我自己也覺得賺這種辛苦錢還這樣穿實在太奢侈了些。」森下搔著頭皮說。

「是覺得看起來不像刑警，查訪時會比較容易有收穫？的確，女性或許較不容易產生反感。」

「不，不是那樣。對我來說，這算是一種盔甲。」

「盔甲？」

儘管據實說出有點丟臉，但話已出口，再也收不回來。

「應該不能說是盔甲吧！不知道疋田先生眼裡看到的我是什麼樣子？不過，我從小就是個對任何事物都會有點莫名恐懼的小孩。雖然經過中學、高中的磨練後已經好很多，但有時還是會感到手足無措。於是我聽從某人的建議『你似乎一直很在意別人對你的看法，那麼，何不隨時將自己打扮得誇張一些』。」

疋田似乎覺得很有趣地瞇起眼：「這是很典型的忠告。確實，想改變內向的個性，穿著華麗服裝也是一個辦法。所謂的某人，是女朋友？還是酒廊裡的女侍應生？」

「很遺憾，是我阿姨。她在東京當髮型設計師，非常時髦。我試著接受她的建議，發現確實很有效。首先，外觀好看許多，接著慢慢瞭解如何調整自己的內涵以配合外觀，精神也振奮多了。」

森下認爲難以對鮫山他們啓齒的羞恥事，居然毫無阻礙地對疋田說出，或許是因爲兩人搭檔帶來的安心感吧！

「原來如此。」疋田頷首，「我雖然沒經驗，卻覺得能理解。像你這樣體面的人，穿上這種高級服飾，當然會感到精神振奮，因爲，如果穿這樣還一副呆楞樣，簡直就是白痴加三級。」

「白痴加三級」雖是很刻薄的說詞，卻與森下的想法完全一致。船曳警部也告訴過他類似的話，「不要小聲、畏畏縮縮地報告，一定要清楚、大聲地說出來，如此一來，才可以表現對自己負責的態度，增加給自己的壓力」，森下也打算付諸實踐，只不過還沒獲得成果。

疋田用鞋底仔細地踩熄菸屁股，丟進附近的垃圾筒後，開始往前走：「走吧！」

接下來要查訪的地方是櫻川二丁目的公寓，對象是藤江好文。藤江是大分縣警局搜索赤松家、從通訊錄與賀年卡調查其交友所連絡上的其中一人。森下和疋田上午進行調查時接獲電話指示，要求繞至該處。如果是上班族，白天就不可能在家，但是兩人仍抱著白跑一趟的覺悟前往。

「櫻川二丁目距離發現屍體的現場只有五、六百公尺，大約步行十分鐘可到。當然，僅憑這樣就懷疑對方，理由是薄弱了些。」穿越千日前街，朝南走向阿彌陀池街時，森下說。

疋田默默翻開記事本確定住址。

森下瞄了一眼，發現上面記有縣警局傳來的赤松永作相關資料。字跡雖然工整，內容卻比不上森下自己的紀錄詳細。

根據縣警局的通報，赤松是孤家寡人，住在去世的父親留在大分市的房子，不只沒有妻子，也無兄弟姊妹。五年前開始就職於烹飪器材製造廠商的業務員，工作盡責，這次因爲要消化積存的有薪假而請假三天。雖然曾告知同事「要到以前住過的大阪玩」，卻未聽說要拜訪昔日的熟人。得知他客死大阪，而且並非意外事故，而是被人殺害，上司與同事們都非常驚訝，但更多人表示雖然可憐他遭遇橫禍，不過既然是在那麼遠的地方發生的事，當然與已無關。或許是他平時人緣不佳吧！

「不過總算解開一個謎團了。」疋田苦笑，「就是『克瑞吉里亞諾·第一號交響曲』。」

根據縣警局的調查，赤松在事件當晚、登記住宿後不久，曾打電話回公司，確認是否有寄送樣本給客戶。接聽電話的同事回答說「沒問題，請放心」，然後拜託赤松幫個忙，那就是「請幫忙購買作曲家克瑞吉里亞諾的CD『第一號交響曲』」。樂迷並非赤松，而是他的同事。

「『啊，這個這個』的謎題雖然解開，但仍無法說明酒館媽媽桑聽到的話。赤松是過著只有在同學會時唱唱卡拉OK、與音樂無緣的生活，又無與音樂有關的手足或妻子，如此一來，所謂的『中提琴』就令人無法理解了。」森下說。

「也有可能是錯聽。」

「會錯聽成『中提琴』……有這種東西嗎？」

疋田沉吟片刻，回答：「餃子。」

森下噗笑出聲：「完全不像呀！」（譯註：中提琴讀爲biora，餃子讀爲gyouza）「是嗎？可能因爲我最喜歡吃餃子，所以聽起來是那樣。從酒館名稱來看，那位媽媽桑應該是西洋樂迷，那麼，很難說沒有可能把餃子錯聽成中提琴。」

「哈、哈，這麼說，與赤松交談的那個人就是在中華料理店上班囉！」

「媽媽桑不是說感覺不像音樂家嗎？也許這就是正確答案。」

「但是，音樂家也有各色各樣的類型，若穿上燕尾服，感覺又會不一樣，因此還是有中提琴演奏者的可能性存在。」

兩人交談著來到赤手拭稻荷附近。狹窄的神社面向幾間住家的玄關，洗手盆上方掛著幾條鮮紅色手帕迎風搖曳。

過了該處，疋田指著黏貼焦褐色壁磚的七層樓建築物：「應該就是那邊吧？」

可能是規模與興建時間相近吧？感覺上與森下所住的公寓酷似，同樣都是單身公寓。

每個信箱都沒嵌上姓名牌，門上也沒有掛。藤江好文的房間是202號房，兩人上到二樓。

森下按門鈴，等對方來應門。正以爲無人在家時，對講機傳出聲音。

「誰？」聲音相當粗魯無禮。

「警察。有些事情想向你請教。」

對方問究竟是什麼事，森下回答說是與赤松永作有關的問題。

本以爲對方不會答應，但房門立刻打開，身穿黑色休閒衫的男人探頭出來。

「啊，中午的電視新聞說木津川浮屍的身分是赤松，我正覺得驚訝呢！與他交往已是快十年前的事，沒什麼可以多談的。」

男人鼻樑挺直，五官輪廓相當勻稱，但是給森下的印象卻不佳。不論那種打量別人的眼神是否乃因刑警突然造訪所致，總覺得有點猥瑣。帶有豐唇的嘴角給人散漫、不正經的感覺。

「是嗎？我們只要問幾個問題就可以了，不會耽誤你太多時間。」森下擺低姿態。

藤江默默讓房門大開，請他們入內。

房內是獨居男人慣見的單調擺飾，但卻意外地整齊。桌旁只有兩張椅子，因此兩人站著詢問。

「沒什麼事可做，所以正在打掃。我目前失業中。」藤江淡淡地說。「任職的工具批發商宣告破產，我已經在家裡閒蕩了一個多月。」

「那一定很糟。」疋田說。

但是對方若無其事地聳肩：「反正這是個不景氣的年代，稍早前我就已經有所覺悟，知道急也沒用，所以藉著讀書打發時間，終於明白圖書館的可貴。」

看樣子藤江並不急於找下一個工作，過著悠然自得的生活。

「因此我多的是時間，有任何問題可以盡量提出。」

森下問及他與赤松永作的關係。

藤江用略顯懶散的聲音說：「我和赤松從小一塊長大……這樣說應該比較適當吧！我們是鄰居，從幼稚園至中學都在一起。我們住在港區的市岡，彼此並沒有特別深交，只是因爲一直同班才持續有往來。但是進了不同的高中以後，彼此就逐漸疏遠。鄰居嘛，還是會經常碰面，走在一起時也會閒話家常。高中畢業後，我在當地就職，他去東京念大學，此後頂多就是在同學會才碰面，最後一次是在七年前。因爲擔任主辦人的熱心傢伙到美國去了，此後就沒再開過同學會了。」

「赤松不是在大分出生的嗎？」森下問。

「赤松是在大阪出生的，父親是大分人，來這裡擔任中學教師。不過赤松去了東京後，他也退休回故鄉。也不是因爲在大分有親戚或什麼的，只是因爲那邊物價較低，能換一棟較大的房子過著悠閒生活。但是，聽說他們回大分後不久，妻子便去世了，沒多久他也跟著離開這個世間。」

之後，永作繼承房子。

「赤松永作進了東京的大學後，情況如何？」

「後來好像輟學了。他本來就不是喜歡念書的那一型，純粹是想玩才會到東京吧！後來從事什麼樣的工作我就不知道了。」

只要深入調查，應該能查清楚吧！

確認過赤松就讀的大學與科系之後，森下問及對其人的評價。

「最近如何我不知道。不過就我所知，他不太有責任感……該怎麼說呢？他是個很自以爲是的男人，所作所爲完全不在乎他人的看法，講難聽點就是自我中心，而且一直希望引人注目。我不認爲他的頭腦很好，不過因爲很能掌握要領，考試經常輕鬆過關，成績也不錯，應該算有存在感的男人吧！班上同學有一半認爲他頗有趣而對他抱持好感，但是另一半應該相反。」

這應該是對赤松很客觀的評價吧！不過，森下想知道的是，對於說話的當事人來說，赤松是個什麼樣的朋友。

「赤松和你合得來嗎？」

「坦白說，應該不算合不來吧？畢竟是鄰居，又是從小一塊長大……」

意思應該是彼此並無深交吧！

「我們的母親彼此交情很好，而且那傢伙對小我一歲的舍妹似乎很有意思。」

「曾與令妹交往嗎？」

藤江笑了：「不、不，那是小時候的事，請別誤會。可能因爲他是獨生子吧？所以非常羨慕有弟妹的同學。來我家玩的時候，舍妹總是會撒嬌地叫他『赤松哥哥』，所以他很高興。」

爲求愼重起見，森下問他妹妹現在的住處。

「嫁到松山了。」回答之後，藤江蹙眉，「你們該不會是懷疑舍妹與事件有關連吧？」

森下擠出和善的笑容：「當然不是，只是順便請教。松山嗎？事件當天，那邊好像發生地震。」

「不錯。我也是看了早報才知道，打電話問她，她說『搖晃得很厲害，好恐怖』。」

看樣子藤江很關心自己的妹妹。不過談話已偏離本題了，必須拉回來。

「赤松似乎很難得才來大阪，他沒和你這位老朋友連絡嗎？我想，至少也該打通電話吧？」

「不，沒有。」藤江回答，聲音很平淡。

「也許他有打電話而你剛好不在家。前天你沒有外出嗎？」

藤江點了幾下頭，好像在說：原來是想調查我的不在場證明？但是並無不悅的樣子。

「我在家。晚飯也是隨便找家裡現有的東西將就吃了，七點後就沒出門。話雖如此，畢竟是獨自一人在家看電視，也沒有證人。」

「一直都在看電視嗎？」

被這麼一問，想改變說詞也很困難。

「是的。那天一直盯著職棒的實況轉播，因爲近鐵隊的瀧井差點就創造無安打無上壘的比賽。」

「啊，實在太可惜了。」疋田開口。

藤江很不甘心地接著：「刑警先生也有看嗎？眞的很可惜吧？若不是中堅手安達漏接，瀧井早就達成偉大的紀錄了。雖然看電視畫面知道是燈光炫眼，空中的球模糊掉了，還是忍不住對著螢幕怒叫『白痴』。那傢伙當天的打擊也很爛，連續打了兩支雙殺，第三局也……」

藤江似乎要表現的確看過電視轉播地詳細述說著。不過，這麼做毫無意義，他既可以先錄下來等事後再看，也可以與赤松永作一起在大阪巨蛋觀看比賽——如果他是兇手的話。當然，目前是沒有需要強烈懷疑他的根據。

「正因爲這樣，所以我沒有不在場證明。可是我沒有殺害赤松的動機，因爲他不過是我回憶裡的老友之一。」

森下只有同意了。之後，他要求對方提供其他幾個與赤松比較親密的同學姓名。

藤江說了兩個人的名字。

森下表示也希望知道住址與電話號碼。

「橋本在蘆原橋開了舊書店，從這裡步行十分鐘左右就到了。另一個傢伙我不知道現在在什麼地方，只知道中學時代的住址……」

「那也沒關係。」

藤江說：「等一下。」

他轉身從房間牆角的書堆中抽出上面算來第二本——是中學時代的畢業紀念冊。通常，這種東西不是躺在書櫃角落，就是放進硬紙箱再塞入壁櫥內。所以森下覺得有點奇怪。

「嗯，這就是赤松。」藤江翻開紀念冊，遞給森下。

三年二班的那一頁有經常翻開的污痕。赤松的座號好像是一號，相片在左上角。可能是心情不好的關係，他的神情凝重，看來相貌堂堂；十五歲的藤江則滿臉燦笑。

「當時還是很幼稚的年紀。」藤江說著，伸手想翻閱最後面的通訊錄卻被阻止。

森下說希望借用這本紀念冊。他希望能影印後面的通訊錄。

「如果你們保證事後一定還我，借你們是無所謂。但是，這裡面應該沒人到現在還和那傢伙有連絡。」藤江的眼神似在說，你們只不過是白忙一場。

森下取出名片，在背面寫上「借用畢業紀念冊」幾個字，交給藤江。

就這樣，查訪藤江的工作算是告一段落。道謝後，兩人走出公寓。接下來是前往在蘆原橋經營舊書店的橋本，兩人再度循著阿彌陀池街向南走。

森下心裡忽然隱約覺得藤江的話中有令人生疑之處，但是，究竟是什麼呢？他一直想不出來。

6

因爲是舊書店，心中認爲絕對是昏暗、充滿霉味的破舊店面，可是，橋本的書店與想像中完全不同，彷佛是小型便利商店，店內有八成是漫畫，收銀台四周陳列著中古的遊戲軟體，客戶應該是以小學至中學生爲主。

當森下他們告知來意時，在櫃檯內無聊地看報紙的店主人雙眼圓睜：「啊，是爲了赤松的事？我知道，我看了新聞後大吃一驚。而且又是發生在這附近……不，即使這樣，我也沒想到刑警先生會這麼快就找上門。因爲是中學時代的同學，已經是十五年前的事了。」

對方並沒說「和多年老友很久不見，才剛見過面，竟然就遇害」之類的話。雖然已有覺悟可能白跑一趟，森下仍露出苦笑。畢竟，警方的偵查手法就是如此。

「不會影響你做生意的。」

「哪裡哪裡。你們也看到了，店面這麼小，一眼就看得清清楚楚，何況，距學生放學還有一段時間，有任何問題請盡量問。只不過，最後一次見到他是在七年前的同學會。」

看來他與藤江一樣。雖然之後彼此曾知會搬家之事，也寄賀卡往來了一段時日，不過三年前就完全斷絕音訊。

「這是因爲，他沒什麼事不會到這裡，我也不太可能有事前往九州，所以覺得就算寫說『如果來到附近，請與我連絡』也只是空談。」

「你們比較密切的往來是到何時爲止？」

「我們念同一所高中，那傢伙到東京讀大學後，每年最多回來兩、三次，每次回來，我們都會碰個面。另外，那傢伙大三下學期輟學、幹各種行業時，我也去找過他兩次。」

他原本稱赤松爲「他」，卻在不自覺間改成「那傢伙」。

「所謂幹各種行業是？」森下問。

橋本臉上浮現困惑的表情：「詳情我不太清楚。二十二、三歲在同學會碰面時，他好像正在拉保險，也曾說過想搞老鼠會。我勸他『最好不要做昧良心的事』。雖然不想對剛過世的朋友講難聽話，不過，那傢伙當時似乎很熱心研究如何能昧著良心賺錢。」

「所謂的老鼠會又是什麼樣的作法？」

「不，那傢伙並未眞正著手進行，只是喝酒時開玩笑說說而已，那傢伙應該從來沒有找過警察的麻煩。這方面，你們應該也調查過了吧？」

的確是已查明赤松永作並無前科。但是，深入查訪後卻發現他並非很紳士的人物。

「不，他或許行爲有點偏差，卻絕不是壞人。雖然也曾在不太正當的公司任職，卻在公司被警方查獲前就發現不對勁而辭職。所謂不太正當的公司是怎麼回事嗎？就是靠信託投資讓資產倍增而惹出詐欺問題的諾克斯福特公司。那傢伙曾在該公司當過短期的業務員，公司破產後，他還遭債權人控告『諾克斯福特的員工必須因爲犯罪行爲償還信託金』而吃上官司，不過獲判無罪。對那傢伙來說，這是一個很沒面子的過去，雖然只是因爲進錯公司。」

那是轟動一時的事件。有相當多人把所有的退休金或養老積蓄投入，結果失去一切，最後走上自殺一途。

諾克斯福特的總公司雖然是在東京，卻在全國各地皆設有營業部門，因此關西應該也有很多人受害。赤松會不會因此遭人懷恨而遇害呢？事件迄今已過了很久，想調查相關內情絕對不容易，但是，徹查赤松在諾克斯福特公司時代的活動應該有其價值。

「赤松是因為發現公司有問題而急忙辭職？」

「也許吧？」橋本回答。

或許他也只能這樣回答吧！

「他自己有說過因為造成客戶的虧損導致遭人憎恨之類的話嗎？」

這次，對方猶豫了，似乎還有內情，不過他也知道無論如何都得回答，於是開口：「他並不同情受害者，還說他們是為了滿足自己的欲望才會受害，不該恨業務員。即使這樣，還是有一件事令他感到難堪，亦即，他勸誘我也很熟的一位中學同學的父親參加信託投資。雖然他嘴裡說『那麼大年紀的人應該自行負責』，但內心或許也很愧疚吧？」

那個中學同學應該也住在這附近吧！為求愼重起見，森下詢問該同學的姓名，心想：只要知道姓名，再調查手邊的畢業紀念冊，也許接下來可以順道前去拜訪。

「不動……比呂子或比呂美吧？是女孩子，家裡開香菸店。」

7

這天晚上的會議開始時，船曳警部拿出了一頂帽子，幾十雙眼睛注視著該頂紅帽。赤松永作在事件當晚所戴的帽子於距離屍體發現現場約五公里下游的千本松大橋附近被水上警察局尋獲，而且已由小酒館「維也納」的媽媽桑與客人確認無誤。

森下只是覺得「確實沒錯，不論色澤或設計，現在皆屬難得一見」，並未被引起多大興趣。一方面則是認爲，若在尚未查明被害者身分的階段，帽子當然就具有重要意義，但在已確定死者身分之後才出現，那就沒多少價値了。另外，若有留下能鎖定兇手的某種線索，在座每個人絕對會嘩然竊語，不過好像也沒有這種東西。

警部把帽子丟在桌上，開始進行調查報告。

第三個被指名的森下立刻侃侃陳述。他本來以爲自己與疋田帶回來的情報會引起一番騷動，但卻期待落空，現場連絲毫的熱切反應都沒有，讓他霎時成爲洩氣的皮球。

船曳同樣沒有任何表情。

森下站著，向四周環視：「赤松在諾克斯福特公司任職的期間遭人懷恨或許就是這樁事件的幕後原因。大阪也許有與他中學時代的同學，不動比呂美的父親，一樣的受害者，這個人在雨夜裡與赤松偶遇，發生口角後突然行兇……」

「若說是懷恨逞兇，時間上未免太過久遠了，諾克斯福特都已經是六、七年前的事了。」背後傳來反駁聲。

森下轉身向後，迅速回應：「被風化的憎恨也有可能因爲與憎恨的對象不期然地偶遇而死灰復燃吧！亦即，兇手會認爲在這裡遇上乃是老天註定要……」

「但是，」資深刑警茅野接著說，「赤松並非諾克斯福特的經營者或主要幹部，他不過是個小小的業務員，會成爲對方亟欲殺害的強烈憎恨對象嗎？」

「有可能一開始只是抱怨一下，結果卻演變爲劇烈的爭執……」

但是，對方卻不讓森下講完：「等一下，森下。與赤松一起進入『維也納』的人不是很親密地與赤松竊聲交談嗎？兩人應該不像發生爭執，那麼，難道是另外一個朋友？從時間上來說，很難認爲赤松在與對方分手後，又遇見另一位曾因自己而遭受嚴重損失的昔日客戶，而且對方在兩人爭吵之下憤而逞兇。」

「關於這點能有兩種解釋。雖然時間上沒有餘裕，卻也可能在離開酒館後偶遇昔日的客戶，或是原本親密交談的男人就是昔日客戶，因爲一時語言上的衝突而激怒對方……」

「哦，取消『在這兒遇上乃是老天註定』的論點啦？你的假設還是太薄弱了些。」

森下一時無法反駁。

船曳開口了：「你們的爭執過於白熱化了。森下說的沒錯，是有必要清查赤松過去的麻煩史，也要查清楚不動比呂美與其家人。她以前的同學似乎沒人知道她的下落？」

「是的。」森下回答。

雖然拜訪過幾年前曾見過比呂美的友人，對方卻表示不知道其詳細住址，也不知道她目前是與家人住在一起或獨自生活？甚至，或許已搬到遠方了。

「但是，不動比呂美應該不是出現在『維也納』的赤松之同行者吧！」茅野對森下說，「而且，從年齡上來說，應該也不是她父親。她家有年齡相差不多的兄弟嗎？」

依比呂美的朋友所言，她有一個弟弟、兩個妹妹。如果是相差兩歲的弟弟，並非沒有不是在「維也納」被目擊的男人之可能。

「如果那位弟弟是在交響樂團演奏中提琴，可能性就很大。」

是無法確認至這種程度。如果可以的話，心情應該會好過一些。森下邊想邊坐下。

後面繼續有人報告，但是森下完全沒聽進去。他在腦海中默默思索著「中提琴」這個名詞。森下利用會議開始前的一段空檔翻找過局內的幾種國語辭典，卻找不到任何可能聽錯的諧音字。難道是特殊的專有名語，所以國語辭典沒有嗎？確實也有可能是其他國家的詞彙！若是如此，那就不是自己能處理的了。但也有可能是「維也納」的媽媽桑嚴重聽錯，那麼，想找與「中提琴」有類似讀音的名詞根本就是緣木求魚。

不動比呂美的弟弟是否爲中提琴手，只要調查就能知道。因爲，若他眞的演奏這種樂器，比呂美的朋友一定會知道。不動比呂美……不動比呂美……森下回想她在畢業紀念冊上的照片。

藤江拿起畢業紀念冊後，立刻翻開想找的那頁。該頁留有經常翻閱的痕跡，當時並不覺得奇怪，但現在覺得這其實很不對勁！那並不是在森下他們造訪不久前所留下的污痕，而是藤江翻閱無數次才留下的。藤江會那樣經常翻閱畢業紀念冊的理由何在……

在沒有任何收穫的情況下，所有人結束報告。警部表示，如果對明天的調查方針有什麼建議，請盡量提出。

這時，像是等待已久似的，坐在最前排的鮫山舉起手。

「嘿，鮫山，有何建議？」警部催促。

鮫山一手扶著鏡框開口說：「我們極力想找出與赤松一起到『維也納』的男人，但可能因爲當晚天氣很差，因此毫無收穫。所以，我們何不嘗試反向思考呢？」

森下凝視鮫山的背，心想：什麼意思呢？

「我們認爲赤松是與該男人至大阪巨蛋觀賞球賽後前往『維也納』，這樣的話，我們可以在球場內尋找目擊者。」

「我們已在大阪巨蛋內查過了，不是嗎？但是，連戴著那樣顯眼帽子的赤松都沒人見到過，很難期待有人記得其同伴。」

「不！」鮫山平靜地說，「我雖然說要找尋目擊者，但卻非繼續查訪。那天晚上的比賽有電視實況轉播，這表示在轉播畫面中可能會拍到戴紅帽的赤松與他的同伴。只要我們向電視台說明原委，對方應該會提供錄影帶讓我們觀看吧！當然不是要當作證物。若是負責轉播的導播無法決定，我們可以正式向經理級主管提出申請。」

會議室內一陣嘩然。有人說「那不可能」，也有人說「那簡直是在稻草堆中找掉落的一根針」。

鮫山轉身：「我也不認爲這麼做很有效率，更非正常的調查手法。但是應該有嘗試的價値，不是嗎？被害者的帽子是重要特徵，只要在畫面上出現，馬上就能發現。」

提出異議的人是茅野：「確實，球賽的實況轉播是可以見到觀衆席上的畫面，可是時間都非常短暫，就算轉播時間超過兩個鐘頭，拍攝到觀衆席的時間頂多只有幾分鐘，攝影機會拍到赤松的機率極低。」

鮫山坦率頷首，接著又說：「如果因爲機率過低就不想嘗試，那連一天刑警也幹不了。」

「話是這樣說沒錯……」

「何況，機率或許比你想像的還高。記得以前調查某樁事件時，我曾與電視台的攝影師閒聊，對方說『轉播球賽賽況時，會使用六部以上的攝影機，其中只有一部的畫面會連上主線播出，這個的決定權是人在轉播車上的導播』。另外，除了這六部攝影機，觀衆席上還有大約三部扛在肩膀上的攝影機。」

「難道……」警部雙手勾住吊帶，上半身前挪，「電視台會保留這九部攝影機所拍攝的畫面？」

「也不是。但是，沒有與主線連接的攝影機所拍的畫面中，有三部攝影機的錄影帶都會完整保存以爲重播用，一定還沒作廢。若能拿到這些錄影帶，找到赤松和其同伴的期待値將提高數倍。茅野，你應該會想看看吧？」

「沒錯，我逐漸有那種渴望了。」

室內響起笑聲。

「但是，就算拍到赤松與其同伴，也沒辦法讓『維也納』的媽媽桑和客人們證明吧？因為媽媽桑他們並未見到那傢伙的臉孔。」

「話是這樣說沒錯，我們只能從赤松的交友關係中調查，直到發現相同容貌之人，不過，或許我們之中有誰已經見過那個人了。」

就這樣，在得到浪速警局其他課員警的支援下，專案小組總部開始仔細檢查錄影帶內容。同時，森下則奉令追查不動比呂美家人的行蹤。

8

查訪結束，森下與疋田走在南街上。

已是初夏，風卻仍舊冰冷。天空彷彿馬上會哭出來般陰霾。森下心想：如果一不注意，情緒會立刻盪到谷底。

他耳膜深處還殘留著不動比呂美的老同學所說的話。

「真的很像別人呢！一開始完全看不出來，只是突然覺得很面熟。可是，確定是比呂美而出聲叫她後，見到她非常困擾的表情，我馬上就後悔了。她並沒有穿得破破爛爛，反而打扮得光鮮亮麗，也沒有消瘦到很憔悴的樣子……只不過，她一點生氣也沒有，眼睛就像死魚一般。如果只是這樣，可能還會認爲是她身體不好，但那種似乎完全不認得老同學的態度……太可悲了，我連問她『伯父伯母與家人都好嗎？』都說不出口，因爲她的眼神像在傾訴『不要問這些』……」

據說已經是四年前的事了。地點在神戶新生地的商店街，當時比呂美二十六歲。當然，連要問她住在哪裡、從事什麼工作都不可能問得到，不動比呂美從那之後就完全斷絕了音訊。這位昔日同學似乎對比呂美的改變而受到極大衝擊，所以告訴了其他同學，因此連舊書店的橋本都知道這件事，也感到有點遺憾。

「肚子不餓嗎？」疋田悠哉地說，「九條有一家不錯的蔥燒店，走不遠就到了。」

已經快中午了。不過森下並沒有特別想吃什麼東西，只好回答：「好呀！」

森下的腦海完全被如何查出不動比呂美行蹤的念頭給佔據。關於不動一家人的消息，其親友們也完全不知道。只知道比呂美曾在風月場所工作養活全家人，因此也只有請兵庫縣警局協助調查新生地一帶的這類場所吧！

「但是，不管是從哪裡看都很大呢！」疋田望著前方的大阪巨蛋說。

的確，無論從哪一個角度來看，都好像是巨大的幽浮停在街上。

「在建巨蛋之前，那裡是大阪瓦斯公司的倉庫吧？」

「森下，你說自己是在生野區長大的，對不對？所以，你可能對大阪西部的情形不太瞭解吧？建造巨蛋的那塊地方從明治中葉起就屬於大阪瓦斯公司所有，高大的圍牆圍住了多座工廠，有七根煙囪冒著黑煙。在那之前則是荒涼的墳場與沼澤。大阪第一次點燃煤氣燈就是在巨蛋附近，那裡還豎立著一塊紀念碑呢！」

「嘿，幽浮登陸前是墳場和沼澤？對了……」森下很在意電視台的調查結果，「錄影帶的調閱不知進行得如何？若能順利發現被害者與兇手就太好了。」

「鮫山組長帶了好幾個人去電視台，結果到底如何呢……聽說那場比賽的觀衆有一萬七千人，就算被害者的帽子非常醒目，我也不認爲攝影機會這麼湊巧地就拍他們。更何況還有解析度的問題。」

森下雖然也沒有抱著太大的期待，但是疋田對這件事卻完全沒興趣，或許是急著想吃蔥燒吧？兩人快步地向前走著。過了境川的十字路口，右手邊可見到大阪市交通局寬敞的一樓大廳。

這條南街是大阪市第一條市營電車行駛的街道。

忽然，森下的視線被某個招牌吸引過去，停了下來。走在前面的疋田察覺他沒跟上，回頭。

「怎麼啦？」

森下指著大約二十公尺外的岔路對面的工廠：「那邊有『丸中產業』的招牌，你看得到公司名稱旁邊寫著什麼嗎？」

疋田以手遮著陽光，瞇起眼：「當然看得到。各種工具……咦，這可難了，該怎麼讀才好呢？」

沉吟一會，他搖搖頭。

森下說：「BYOURA。」

「你說什麼？」

「BYOURA。我認爲那兩個字應該讀爲 BYOURA。」

鏢螺。畫鏢的鏢，螺旋的螺。雖然不是常見的漢字，但應該是讀爲 BYOURA。

「原來如此，聽你這麼唸，好像就是這樣沒錯。」疋田不住點頭，「簡單地說，也就是螺絲。立賣堀有很多工具批發商，這附近以前也有不少螺絲製造廠或批發商，屬於地區性產業。」

「昨天見到的藤江好文曾在工具批發商上班。」

「不錯。又說因爲公司破產，目前失業中。」

「BYOURA。」

疋田好像終於明白森下想說的話：「鏢螺……BYOURA 嗎？沒錯，的確比餃子的發音像。」

「像得不像話呢！」森下非常興奮。赤松永作遇害前曾問一起前往酒館的男人「還在演奏中提琴嗎？」，雖然不清楚這句話的前後是在談些什麼，卻很可能意味著「你還在從事鏢螺的工作嗎？」。雖然目前還未詢問藤江曾任職的公司名稱，但有必要再作確認。

「好，既然這麼決定的話，」疋田推了推森下背部，「在去藤江家之前，快先去吃蔥燒。」

吃過疋田很在意的蔥燒後，兩人爲了節省時間，在南街攔了計程車，趕往藤江在櫻川的住處。計程錶只跳了一次。

下午的單身公寓幾乎沒有住戶活動的氣息。出租公寓與色情錄影帶的傳單散置在信箱附近，森下忍不住想：這兒眞的有人住嗎？

雖然，他自己住的公寓也一樣。

爬上樓，按了２０２號房的門鈴，卻無人應答。看樣子藤江並不在家。既然曾說過失業後充分瞭解到圖書館的可貴之類的話，當然有可能出門了。

興沖沖而來，眼看就要敗興而歸。

「也許出去吃午飯。」疋田說。

還不到下午一點。

「我們到處逛逛再回來吧！去喝杯咖啡也不錯。」

森下在這幾天的搭檔中已知道飯後咖啡與香菸對疋田而言乃是不可或缺的東西。

兩人朝著阿彌陀池街的方向走，想找一家咖啡店。

森下正在想「店裡應該沒那麼多客人了吧」的時候，肩膀被疋田碰了一下。他驚訝地望著疋田，不知道他到底有什麼事。

疋田以眼神示意他看一旁的超商：「你看，人就在那邊。」

站在收銀台貨架前的正是藤江好文。手上提著的籃子裡有洗髮精和碗麵，看來離他住處約五十步距離的這家便利商店乃是他購買食物與日用品的地方。

當然，森下自己也做過同樣的事。

藤江在收銀台結完帳後，向店員詢問著什麼事。應該是在問便當能否加熱吧！之後，藤江頷首，店員把便當拿入櫃檯內。

隔著櫥窗能見到藤江一手插在口袋裡，茫茫然望著貼在櫃檯上的海報。

森下忽然感到恐懼，因爲他看見藤江空洞圓睜的眼中浮現令人毛骨悚然的孤獨神采。

這是怎麼回事？這種無以名狀的恐怖感究竟是什麼？森下曾在深夜的便利商店玻璃窗見過類似的寂寞表情。工作出錯、陷入自我厭惡的泥沼之夜，或聽到家人被殺害、遺族痛哭號泣之夜，憶及學生時代背叛同學飽受慚愧苛責之夜，在這樣的夜晚，便利商店玻璃櫥窗上都會映現無數空洞的表情。是因爲那種不愉快的經驗甦醒嗎？不，不是的。藤江臉上浮現的表情並非那樣瑣碎無聊，那是毫無痛覺的空洞，簡直就像黑洞！

森下確信殺害赤松的人就是藤江。但，若說是出自刑警的直覺，很有可能會被鮫山取笑，自己也不敢置信。畢竟，自己尚未具備分辨兇手氣息的能力，他只是認爲，唯有與世界斷絕一切關連的人，其眼眸裡才可能出現那樣的神采。

藤江接過加熱後的便當，走出店門外。發現刑警們站立門前，豐厚的嘴唇微張，說道：「嗨！你們是來送還我的畢業紀念冊嗎？」

「不，也不是……」森下表示還希望請教一些問題。

藤江無趣地漫哼出聲。

「我們去你家看過……」

但是森下並未把話講完，他覺得，講不講完都無所謂。

沿著來時路回到202號房內，三人坐在地板上，森下開口問了連自己都出乎意料的問題。

「上次我們來拜訪時，你爲何會拿出畢業紀念冊來看？」

藤江似乎很訝異森下會問這種奇怪的問題，無趣似地回答：「我應該說過從電視新聞中獲知赤松的事件吧？所以想說那傢伙爲何會有這樣的遭遇，便拿出了畢業紀念冊。平常我都是將它放在壁櫥內側。」

被他這麼一說，森下也無法反駁。但是他卻很想大聲說：不對吧？你翻開畢業紀念冊並非懷念遇害死亡的赤松，或許只是想看因赤松而陷入不幸的不動比呂美，告訴她「我已經替妳報仇了」。

畢業紀念冊並不是刻意從壁櫥取出，或許本來就放在隨手可拿的地方，之所以留下經常翻閱的污痕，也是因爲他總是隨時翻看不動比呂美的照片。

但是，這是毫無根據的想像，連藤江是否戀著比呂美的事實都無法確認，更何況說他是爲了替她雪恨而殺人，這未免是過度跳躍的想像。即使只是基於義憤、希望赤松遭受天譴，還是覺得橫亙在赤松的惡行與此次殺人事件之間的歲月實在太長了些。都已過了六、七年了，就算是強烈的憎恨也會轉爲淡薄吧！

可是，明知如此，森下仍無法抹消在自己腦海裡翻來覆去的懷疑。殺害赤松、在豪雨中將屍體丟置河中的人就是眼前的藤江。剛才在便利商店見到的虛無空洞的臉孔不就已明白揭示這件事了嗎？何況還有「中提琴」與「鏇螺」的諧音問題。對了，這次來的目的就是爲了確定這點。

「聽說藤江先生曾在工具批發商任職，工作了幾年呢？」

「四、五年。」

「之前呢？」

「也是工具批發商，約莫五年。」

「這種批發商也經手螺絲之類的工具嗎？」

節奏崩毀，藤江凝視著森下的眼眸，沉默不語。但不像狼狽不堪，只因不解森下的本意。

「就是……專門代理螺絲的公司。你們到底想知道什麼？」

「專門經手鏇螺嗎？」

「嘿，刑警先生居然會讀『鏇螺』這樣的字……」藤江好像想到什麼似地緊抿嘴唇。

來啦，大魚即將上鉤了！森下亢奮得打了個哆嗦。赤松遇害前，與他一起進入酒館的人果然是藤江！應該要繼續深入追問。

「你最近曾告訴誰自己從事鏇螺工作的事嗎？」

「沒有。」

藤江的回答很冷漠。或許在控制自己盡量少說爲妙吧！也沒反問森下爲什麼問這種事。

一旁的疋田毫無想插嘴的樣子。只是默默注視森下拚命追逼獵物。

「我希望再次請教赤松遇害當晚的情形。」

「你的問話毫無脈絡可循。算了，無所謂。」

聲音裡透著冰凍的堅硬迴響。

森下心想：聲音應該也有溫度吧！藤江的聲音讓溫度急速下降，很快就越過了零度，從他唇際彷彿冒出縷縷白煙。

「你一直在這個房裡觀看球賽轉播？」森下一個字一個字慢慢說。

「不錯，沒有任何需要修正的地方。我一直在看近鐵野牛與歐力士的比賽實況轉播。」

「差一點達成無安打無上壘的比賽？」

「令人手心冒汗的緊張比賽，過程完全深印腦海。」

「是看電視實況轉播，不是聽收音機，也沒去大阪巨蛋？」

「你這個人可眞固執。」

雖然其中存在著疑點，但現在指出也不能如何，還是留待調查會議上提出。

（你並沒有看什麼電視轉播！）

森下不出聲地反駁。因爲，若眞要記住比賽的全部過程，還是有其他方法。不是先錄下等事後觀看，而是與赤松一起在大阪巨蛋現場觀看比賽。

（你說翌晨從報紙上獲知愛媛縣發生大地震，所以打電話詢問住在松山的妹妹是否平安，這點就很奇怪了。如果看電視的比賽轉播，不必等第二天的報紙就能知道發生了地震。我記得很清楚，那場比賽的最高潮──中堅手安達漏接而導致無安打無上壘比賽夢碎的瞬間，電視畫面出現臨時新聞的跑馬燈字幕。如果是緊盯著電視畫面，不可能會漏看字幕。你說安達漏接讓你氣憤地對著螢幕怒叫，這根本是謊言！）

就算直接指出疑點，藤江會有何反應也非常清楚，他絕對會推說「我全神貫注在比賽上，沒有注意到新聞字幕。」，他也只能這樣說。

（你可能是在大阪巨蛋觀戰時偶然遇見赤松。雖然不知道你當時是怎樣的情緒反應，但你在賽後一定是與赤松一塊去喝酒敘闊吧？在店裡、也可能在出了店外邊走邊聊的時候，赤松說出令你無法原諒的話，勾起你的殺機。傾盆大雨幫你準備了實踐殺機的空間，只有赤松與你、完全與外界隔絕的空間。在河面化爲沸騰地獄的河邊，你懲罰了赤松。）

世界被銀色的雨幕與雨聲隔除在外。

被密封其中的只有兩人。

藤江與赤松。

憎恨的男人與被憎恨的男人。

有如死亡約會般的紅帽。

激烈的雨聲。

雨……

雨……

雨……

一切皆是想像，所以必須重新蒐集齊全的證據。首先是殺意——與赤松睽隔七年重逢的談話中是否存在著導致藤江喪失理智、行使暴力的原因？

森下猜測那是因爲赤松間接奪走不動比呂美的未來，不過，也可能存在著另外的恩怨。唯一的辦法就是澈底深入調查，將藤江的秘密完全揭開。

「抱歉，我太執拗了。事實上，我們是想向你請教，不知道你是否知道不動比呂美的消息？」

「不知道。爲什麼問我有關她的事？」

聲音的溫度更低了。

「我們只是找她中學時代的同學一一詢問。」

出乎意料的，藤江馬上說：「原來如此。」

森下實在很想告訴他：你又露出馬腳了。

（難道他不訝異爲了調查赤松命案而來的刑警爲何要問不動比呂美的消息嗎？赤松的同學有好幾十人……只能認爲，他不在乎這種突兀的質問是已知赤松命案與不動比呂美之間存在某種關連。）

「不動小姐是什麼樣的女性呢？」

「什麼樣的女性？她只是我中學同學，通常應該是問什麼樣的女孩子吧？我只記得她很可愛，功課也很好。眞是讓人懷念的名字！」

森下腦海中陸續浮現各種想問藤江的問題。

——對於發生在她身上的事，你瞭解到什麼程度？

——你喜歡她嗎？

——現在仍抱持好感嗎？

——你不憎恨赤松嗎？

——對你來說，最不可原諒的事情是什麼？

但是，每個問題森下皆無法開口。因爲，他覺得這些都是無法直接從藤江身上得到答案的問題，必須靠著身爲刑警的自己調查才能得到正確的解答。過於急功近利的話，很難說事後不會造成困擾。

「謝謝你接受詢問。」森下道謝。

他與疋田告辭，轉身準備離開。

藤江淡漠地開口：「若你們知道不動小姐的近況能告訴我嗎？我必須向同學會委員報告。」

藤江不知道不動比呂美的去向，也由衷地想知道。他只有在最後的這句話中，能讓人感到人性的溫馨。

「我們一定會告訴你。」森下答應。

9

同一天同一時刻。

在大阪商業園區的難波電視公司……

包括鮫山在內的八位調查人員聚集在小型編輯室的房間裡，輪流與五台電視螢幕奮戰不休。這個寬度大約三公尺見方的房間禁菸。責任導播嚼著口香糖坐在牆邊的椅子上。雖然體育部部長與製作人同意提供錄影帶讓警方調閱，但條件是必須有人在場會同見證。似是被取消休假而趕回來的責任導播雖然沒有不悅的神情，卻鬍鬚未刮，呵欠連連。

正放映中的錄影帶是「主線」、也就是當天轉播時用的約一百二十分鐘長的帶子。其他還有以蒐集高潮場面為主的備用錄影帶三支，播放時間大約九十分鐘，ＥＮＧ扛式攝影機拍攝的三支帶子播放時間大約一百五十分鐘。這七支錄影帶從上午開始就利用五部放映機輪番放映。

鮫山最寄予厚望的是ＥＮＧ扛式攝影機拍攝的帶子，因為其中極少部分的畫面雖然用於當晚的體育新聞，但有相當多部分是捕捉觀衆因可能達成無安打無上壘比賽而欣喜若狂的鏡頭。這可能是因爲浪速電視台本身就有一個「GOGO野牛」的節目之故，才會拍攝這麼多的觀衆席畫面。

「沒有！」

鮫山因爲無法找到自己期待的畫面嘆息出聲，同時開始倒帶。

茅野拍拍他的肩膀：「換我來。組長的眼睛應該累了，請稍微休息一會。」

「拜託了！」鮫山和茅野互換座位。爲了預防眼睛疲累，他也準備了眼藥水。

牆邊的責任導播好像厭倦了觀察刑警們的動作，在膝上攤開似是作業表之物，進行自己的工作。

鮫山斜眼望著對方，打開眼藥水的蓋子。

忽然，面向第二台螢幕、浪速警局的二瓶舉手叫著：「鮫山組長！」

他調閱的是一部ENG扛式攝影機所拍攝的錄影帶。

鮫山踢掉椅子，站起來。

二瓶指著靜止畫面中的一點，有個戴紅色獵帽的男人，確定正是赤松永作。紅帽男人拿著紙杯，在走道上與別的男人交談，臉上浮現驚訝與喜悅——似是與舊友重逢的表情。是死亡幾個小時前的身影！

「太好啦！喂，找到赤松了，有誰認得在他右邊的這個男人嗎？」

調查人員嘩然湧向螢幕前方。

悲劇性

柏油路面撒滿枯葉的季節。

在能遠眺皇居森林的飯店酒吧裡。

我——有栖川有栖——與責任編輯片桐光雄正在喝酒，花了大約十五分鐘討論下一本作品的內容走向，接下來的三小時則閒聊彼此周遭的瑣事與業界的謠傳，不知不覺間，時鐘的指針已接近午夜零時。我雖想結束話題，但是店內的古典情調與從落地窗眺望出去的夜景——儘管只是背對森林的寂靜街道與呆然佇立的路燈——都是我最喜愛的景色，所以相當難捨。當然，與片桐聊天也是一大樂事。

「時間很晚了，不要緊吧？」今年三十二歲，比我年輕兩歲的片桐識趣地問。

「我是無所謂，只要片桐先生沒問題就行。」

「那麼，我們再喝一杯好了。」

片桐彈指叫來服務生。

像這樣子，再過一個小時可能也不會結束吧？

俊男美女的情侶站起離去。

店內的客人只剩我們。

「對了，有栖川先生，剛才討論的事你覺得怎麼樣？」

我不明白片桐啜著新上桌的白蘭地、接著所說的話，反問：「咦，你指的是？」

「剛才不是講到有沒有能寫推理小說的新人嗎？希望你能介紹身邊具有才華的人。」

「不行，我為什麼要把自己的敵人送進同樣的世界？我可不是那麼笨的老好人。」

「沒什麼好害怕的吧！如果不斷出現一流的推理作家，推理小說界一定會非常活絡，連不入流的作家也能蒙受其惠，就像酒館與舊書店一樣，聚集愈多同業，人潮也愈集中。」

「不入流的作家？你是指誰？」

「啊，我本來不想用這樣的形容……」片桐輕咳兩聲，接著說，「我覺得火村教授好像能寫出有趣的推理小說。他不僅具有犯罪社會學的專業知識，還有參與警方實際調查工作的豐富經驗，手上應該也握有許多適合作為推理小說的材料……」

確實，身為臨床犯罪學家火村英生副教授進行實地考察時的研究助手，我經常與他一同前往事件現場，就這一點來說，火村確實非常有這個資格，可是，要他寫推理小說等於是要蝙蝠模仿信鴿，是不可能實現的妄想。

「我雖然不知道片桐先生的話有幾分認眞，但是，這是絕對不可能的。第一個理由是，那傢伙是個研究者——也可以說是偵探，工作非常忙碌；第二，他對推理小說毫不感興趣，也不關心；第三，他根本……」我沒有繼續說下去。

「哈、哈，意思是他沒寫過小說嗎？何不問他『想不想試試看？』呢？再怎麼頭腦明晰的教授，能否寫得了小說還是另一回事呢！哎呀，怎麼啦？」片桐露出訝異的神情。

因為，我緊抿住半開的唇。

「不，我讀過火村所寫的一篇小說。正確來說，應該是與人合作的作品，而且，稱之爲小說也只是我自己的說法。」

「嘿，有那樣的東西嗎？所謂的合作是什麼狀況？請你詳細告訴我。」編輯探身向前問道。推理小說這一行眞的如此欠缺人才嗎？或者只是因爲片桐見過幾次火村的推理手法，單純是對他產生個人興趣？

「坦白說，那是某位學生的報告，火村只是在結尾補上幾句。」

「哦，教授寫的部分佔了多少？」

「一句。」我屈指數著，「包括標點符號，共九個字。」

片桐失望地笑了，卻仍不死心：「這樣不能稱之爲寫小說。不過，只加上九個字就能讓學生的報告變成小說嗎？這究竟是怎麼回事？你告訴我，然後今夜就此結束。」

「就這麼決定。那是兩個月前的事，暑假結束，學生們的報告都交到火村手上，其中混雜著內容很有特色的東西。若問我爲什麼知道……」

※

很難得地在京都市內的舊書店逛了一圈。一個下午走個不停，兩條腿變得有如木棒般僵硬，但也沒多大收穫，來到河原町今出川的十字路口，決定放棄繼續逛下去，懷著今天終於充分運動了的感激心理，停下腳步。

向西走幾分鐘就是我的母校，亦即好友火村英生任教的英都大學。

我之所以想前往火村的研究室，完全是為了能喝杯即溶咖啡，稍微休息一下。當然，他正在授課或外出的可能性也很大。不過還好，他在研究室裡。

「怎麼，把我神聖的研究領域當成咖啡店嗎？真是無可救藥的傢伙。我正忙得不可開交……」火村副教授坐在紫色煙霧瀰漫的室內另一頭，蹙眉說。

看樣子心情好像不太好。菸灰缸裡的菸屁股堆得像阿茲特克古代遺跡一般高，旁邊則是幾堆學生們繳交的報告。我明白是怎麼回事了。

「是暑假前交代的報告嗎？因為學生寫得太差讓你這位教授看了生氣？我可以瞭解你的心情，可是也沒必要如此火大吧？」

「凡事總該有限度的。」火村恨恨說道，「在母校執教鞭真的很痛苦，必須維持母校的尊嚴。」

平常，他根本不會重視什麼母校或祖國之類的……

「我要他們讀貝加利亞（譯註：Cesare Beccaria，1738~1794，義大利法學家）的《犯罪與刑罰》，並交一篇心得報告，就這麼簡單。說他們毫無心得是太傷人，但是，有很多篇報告一看就知道並未閱讀那麼薄薄的一本書，太沒禮貌了！沒有讀指定書籍能寫出什麼報告？根本就是一群笨蛋！」

「不要嚴格得像魔鬼般暴躁！還好你不是我的責任編輯。」

副教授忿然點起駱駝牌香菸。這期間，他的視線仍集中在手邊的報告上。

「這篇特別糟糕嗎？」

「豈只糟糕，根本漠視我的交代，也算不上是報告。」

也就是說，是最差勁的報告了？

但是，火村的表情卻相當複雜，不像因爲內容無聊而生氣，反倒像那是某種爭議之作而感到些許困惑。

「你記得八月初在千本街的便利商店發生的搶劫傷害致死事件嗎？」火村突然問。

那是手拿菜刀的年輕男人在拂曉時闖入便利商店，刺傷想抵抗的中年店長腹部，導致他失血過多而死的事件。因爲店長大量出血，兇手在震驚之餘，什麼也未拿便倉惶逃走，並在幾個小時後被捕。

「寫這篇報告的學生K在事件發生不久前還在那間便利商店打工，受到店長許多照顧，所以知道消息後受到相當大的打擊，由於一心想著敬愛的店長遇害死亡，於是完成了這份不算犯罪學的報告。就是這個。」火村用手掌拍著桌上的報告。

那是以文書處理器打字、約十張A４紙的東西。火村遞給我，我邊喝著自行沖泡的咖啡，邊以單手接過。

標題是〈悲劇性〉，底下是縮寫字母爲K的男學生姓名。

「讓我這個外人讀K的報告……」

「沒關係。內容相當平常，也不會損及寫報告者的隱私。你不想看嗎？他繳了報告後就沒再來上課，我問其他學生，發現他連學校都不來了。」

雖然受到打擊，但未免太纖細了。我放下杯子，開始閱讀。

很多無辜的人被殺害。

拂曉的便利商店，四十七歲的店長遭歹徒刺殺身亡。他並非有勇無謀地抵抗，只是踏前一步想保護員工不被手拿利刃的歹徒傷害，卻遭懦弱的對方刺傷，血流滿地而死。他是個跨越人生多少浮沉，踏實且努力生活的男人；更是不吝嗇笑容，非常關心別人的男人；也是便當賣完後，嘆息沒有食物給流浪狗吃的男人；是打工學生感冒請假時，會提著熱食至寄宿處探望的男人。

他更是有了女婿之後，會與女婿一起喝酒談天的男人；也是會體恤打工的學生，主動擦拭玻璃的男人；是當打工學生說「便利商店的閉路攝影機不只是爲了防止犯罪，也具有監視打工學生，防備其竊取商品或金錢」時，會憐憫地回答「是可能有這樣的便利商店」的男人；是個極其平凡卻又正直地活著的男人。

他爲什麼必須被人殺害？被那種因賭馬與賭博而拖欠一屁股債、最後企圖搶劫的垃圾敗類殺害？

很多無辜的人被殺害。

根據報紙的報導，同一天在距離五十公里外的另一個鄉鎮郊區，有一位二十歲的女孩遇害。她是在下班回家途中，遭到躲在機械工廠圍牆後的男人蹂躪之後勒斃，並棄屍草叢中。然而，令人驚訝的是，這樣的報導竟然只有嬰兒手掌般的大小就能遮覆的微小篇幅。聽說女孩是剛上完大夜班的護士。

她爲什麼必須被人殺害？爲什麼要被無法控制自己獸慾的醜陋禽獸殺害？

很多無辜的人被殺害。

電視上又播報，同一天，在地球另一端的某個國家，在約莫只有全壘打的球滯空的短暫時間裡，有六個人被殺害。某個海洛因中毒的前電影明星持來福槍在高中內掃射。那傢伙被警方收押後仍大聲哄笑「我只是要讓母親和鄰居知道我的力量」。女學生靠在載運同學屍體的救護車邊、嚎啕痛哭的畫面，全世界應該都見到了吧！

他或她們爲什麼必須被人殺害？被比深海鯨魚更稀有的瘋子殺害？

雖然是文書處理器打出來的文章，其感情的亢奮卻予讀者有一筆一畫刻出來的錯覺。我忍不住想休息，實在無法一口氣讀完。

「的確不像報告，也不是散文，只能稱之爲悲痛的哀號。」

「繼續吧！」火村臉朝窗外說道。

我的視線回到紙上。翻過一頁又一頁，同樣都是以悲愴語調敘述這個世界上充斥的悲劇。

爲什麼無辜的人們要被狂熱信徒散布在地下鐵的毒氣殺害？
無數的血友病患爲何要因堅守製藥公司利益的冷血卑鄙人們而喪失性命？
不同信仰的民族爲何不停止紛爭，要藉著爆破市場或巴士讓無數血肉飛濺？
爲什麼必須一直在電視新聞上見到因地雷而失去雙腿的人們？或是連揮開停在頭上的蒼蠅的力氣皆無的衰弱孩童們？

不論翻過多少頁都是類似的內容，直到第八頁才終於變成散文詩的形式。

回答吧！
站在那邊的你。
是什麼讓世界帶有悲劇性？
回答吧，你！
不只是對我，
也對世界回答。
回答吧！
據說是萬能的你。

要求別人屈膝、表示敬畏的你。
伸出要求布施、奉獻、樂捐之巨掌的你。
回答吧！
在人心的脆弱處有如毒蜘蛛般布網的你。
喜歡飢餓與貧困的你。
喜歡瘟疫與戰亂的你。
隨便你回答爲何喜歡這樣的東西。
據說是創造了生命的你。
據說是創造了世界的你。
你這誇大的妄想狂！
回答吧！
對著全世界，對著我。
你的房裡有冷氣嗎？
有音響嗎？
有大型電視嗎？
有冰冷的飲料嗎？

有廚師與女傭嗎？
有能看見全世界的無數螢幕嗎？
如果有，請睜開你那飢渴著人類眼淚而充血的眼睛，看著悲劇性的世界。
穿華麗睡袍躺著，邊吃洋芋片也無所謂地仔細看著。
然後回答究竟有何感想。
這就是你所希望的？
你可能會說，
我也創造了愛與夢想，不是嗎？
我也創造了花香與星輝，不是嗎？
去吃屎吧！
你用右手給予，卻馬上用左手奪回。
你不會是想說，你那溫暖房間中的螢幕播放的只是愛與夢想吧？
仔細看！
靜靜地看著！
然後，請回答。
這眞的就是你所希望的？

你想要的就是如此悲劇性的世界？

讀到第九頁結束時，我問火村：「這位Ｋ同學是知道你是無神論者才想尋求你的共鳴？」

「應該不是，我在上課時並沒談這些。」

就算這樣，Ｋ一定是覺得自己的絕望感可以傳達給火村，才會交出這種悖離常理的報告吧？

「對於他的問題，你有身爲代理人回答的義務。」

「成爲神的代理人？我拒絕，又沒酬勞，也不會有人讚美，何況……」

「你不想當『不存在之物的代理人』？」

「你要知道，若預料到對方會回答，他就不會問這些事了。對雙方來說，回答只是在浪費時間。你好像喝完咖啡了？」

「我明白、我明白。」我哄著心情不佳的教授，「撇開玩笑不說，你打算怎麼處理這份報告？我覺得，最好還是回些什麼話會比較好，畢竟他是精神受到傷害的被害者之一，你應該稍加關心。」

打算伸手拿駱駝菸盒的火村停下動作，緩緩回頭望著我：「有人因爲相信神的存在而獲得救贖，有人卻因爲相信神的存在而絕望，他極可能是屬於後者，只要告訴他這點，應該就可以了。」

「出現啦！這才像火村教授的回答。」

如果想更深入說明，離開學校後再問他就行了，不過，大概就與犯罪社會學無關了。

「無論如何，這絕不能當作心得報告，麻煩幫我放在桌子右端的那一堆之上。」

他抽著香菸。

我將〈悲劇性〉放回桌上前，翻開最後一頁。

求求你！

請你回答。就算只有一句話也沒有關係。

告訴我世界帶有悲劇性的原因。

如果，你的確在那邊。

文書處理器打字的文章到此結束。但是，最後有一行手寫的文字，是火村的筆跡。

內容如下：

神正在螢幕前打盹！

波斯貓之謎

1

波兒沒回來。

喜多島一充悄然迎接夜晚的來臨，在午夜零時前上床。雖然手上拿著未讀完的有栖川有栖的文庫本小說，卻一個字也看不下去，很快地閉上眼睛。但是，即使關燈之後，腦海裡仍想著波兒，無法入睡。

到底是去哪裡了呢？雖然以前也曾在晚上出去夜遊，但是，通常到了十一點左右就會喵喵叫地回家，彷彿在說「我回來晚了，請不要生氣。」。

今天也以爲立刻就能聽到這樣的貓叫聲而等待著，但是直到過了午夜零時後，波兒仍沒回來。和波兒在一起已經半年了，這種情形是第一次發生。自己實在是太不小心了！雖然最近才知道牠會跳到沙發上、靈巧地想打開起居室的窗戶而特別注意，不過今天竟然粗心地忘記把窗戶鎖上。他終究沒料到這麼冷的天氣，牠居然還會外出。

若平安無事，那當然很好。可是，即使已經幫牠結紮，牠畢竟還是一隻那樣美麗的雌貓，很可能會被難纏的雄貓搭訕，繼而發生一夜情，不想回家。不只如此，還有一些不祥的念頭在腦海中揮之不去。會不會是被車子撞到了？不會是被偷貓賊抱走了吧？

一旦開始擔心，便輾轉反側、再也無法躺在床上，於是爬出被窩，打開燈，叫著愛貓的名字「波兒、波兒」，開始在狹窄的屋裡搜尋。雖然壁櫥內與儲藏櫃內都找過好幾遍，但總覺得牠可能會在自己未察覺的情況下回到家，並躲進什麼地方熟睡著。

「喂，波兒，如果在家就快點出來，讓我好好安心睡覺。」

雖然自嘲著都已經是二十八歲的大男人了，竟然還爲了不見一隻貓而如此慌張，但仍忍不住擔心不已，連浴缸蓋子與餐具櫃門都打開看過，甚至還打開冰箱查看，當然，波兒不在裡面。推開通往庭院的門，呼出一口白煙，在冷空氣中打了個哆嗦，一路找到山茶花花叢後面。因爲離隔壁住家很近，他盡量壓低聲音地叫著「波兒、波兒」。

忽然……

「喵——」

是很熟悉的聲音。他繞至大門前。一隻毛色略帶藍的白色波斯貓坐在玄關前。

他自己都感覺得到臉上頓時洋溢著安心的笑容。

「喂，都這麼晚了，妳跑去哪閒蕩啦？眞是不良少女，以後門禁改成八點。」在二月的冷風吹拂下，他嚴肅地發著牢騷，抱起全身冰冷的波兒。

波兒那紅寶石般的眼瞳回望著他，似乎完全不知道人家正替牠擔心！

「唔，好冷。一直站在這裡會感冒的，我們快點進去。」

把波兒帶進屋裡後，牠開始撒嬌地喵喵叫，並望向廚房。那表示牠肚子餓了，想吃東西。眞是任性的傢伙！他苦笑，從冰箱拿出魚乾，盛在碟子上。

波兒喉嚨發出咕嚕聲，吃著牠最喜歡的食物。一充則蹲在一旁抽菸看著牠。波兒轉瞬間便吃完碟子裡的魚乾，望著一充，催促著再來一碟。

「已經沒啦，妳看。」他拿空罐給牠看。

時鐘滴答滴答地響著。應該快凌晨一點了吧！就算是能晚起的身分，對他而言，這時候也已經相當晚了，忍不住頻頻打著呵欠。

把波兒放在肩上，回到臥室。掀開棉被後，波兒毫不猶豫地鑽進去。好了，終於能安心睡覺啦！

波兒喜歡把頭擱在他側睡時的手腕附近睡覺。可能是溫暖的毛毯讓牠覺得很舒服吧？喉嚨不住發出咕嚕聲。

「妳哪裡都別去！」一充望著牠的睡臉，喃喃說著，「別留下我一個人。」

忽然間，他的眼眶熱了。並不是因爲愛貓平安回來而感動，而是因爲早已遺忘的記憶又再甦醒。

一充焦慮地想：總不能到現在還在哭吧？

——妳哪裡都別去！

剛剛對波兒說的話在耳中迴響著。他想起囑咐過「妳哪裡都別去！」，卻在他出門後再也沒回來的最珍貴之物，幾乎已忘掉的寂寞與後悔又湧上心頭。

晴香！

在一起生活的日子裡，大大小小的架總共吵了三十多次吧！回憶太多，感覺上好像一起生活了相當長的一段時間，事實上卻只是從去年八月至十月的僅僅三個月，不滿百天的扮家家酒遊戲！就是這麼短暫的緣分。本想笑著忘掉，但胸口的疼痛卻絲毫沒有淡去。

回想起來，去年夏天到秋天的這段時間是最幸福的日子，自己擁有晴香與波兒，還有雖不滿意待遇卻還算固定的職業。然而，人生中的幸福日子總是不會太長。十月底時，不管自己如何哀求「妳哪裡都別去！」，晴香還是離開了。到了年底，自己任職的顧問公司也宣告倒閉。最寶貴的東西一下子失去了兩個，現在只剩下波兒。

不，與晴香在一起時並不覺得波兒重要。不僅如此，還認爲牠過度自傲，一點也不可愛。他本來就不是喜歡養寵物的男人，只因爲波兒是由自己迷戀的晴香帶來的，才不得已接納牠。當時又正値夏天，波兒不斷地掉毛，掉得到處都是，屎尿味又惡臭撲鼻。坦白說，最初與貓一起生活時相當痛苦，只有當晴香高興地說「你看，牠好可愛，對吧？還會在地上滾來滾去地撒嬌呢！」，他才勉強地搭腔「啊，是很可愛。」。後來雖然逐漸習慣，但與晴香生活的三個月裡，他從沒抱過波兒，因爲他無法忍受貓毛沾附在衣服上。

晴香！

在三宮車站前認識、比自己小八歲的女孩。

僅僅同居了三個月就離自己而去的女孩。

直到現在為止，她那句要與能依靠的有錢人結婚、過著悠閒生活的話還深深刺痛耳膜。

「晴香，妳哪裡都別去！」

「不行，我們已經結束了，繼續在一起對彼此都沒好處，徒然浪費時間而已。我們分手吧！」

一充無法理解她為什麼會如此堅決？雖然自己的確是不可依靠的男人，但是應該沒有決定性的缺點……不過，若能看穿自己不足倚賴，那麼，她觀察男人的眼光也的確夠犀利，眞令人佩服。

「妳離開這裡……打算做什麼？」

「到朋友家借住一段時間。對方很瞭解我，說過我隨時可以去找她。只要我能找到兩個打工，應該就足夠租一間單人房。」晴香一面回答，一面將行李塞入旅行袋。

一充以背抵著柱子，內心充滿絕望。

「波兒呢？那傢伙怎麼辦？」

「我不能養牠。我朋友最討厭貓了，要是住在單人房就更不可能養貓，所以只好留在這裡。」

「別太任性！貓是妳帶來的……」

「我也捨不下牠啊！如果可能，我也希望帶牠走，可是沒辦法，要找到像以前那樣可以養寵物的公寓很難，而且，波兒最近很膩著你，留在這裡我比較放心。」

「放心？妳也該考慮一下我的心情和情況吧！我是因為妳喜歡才養牠，可不愛去抱牠或什麼的，留下牠會造成我的困擾。」

「如果造成你的困擾，我道歉。但是你一定會飼養牠的，不喜歡只是嘴裡說說而已，搞不好還會產生移情作用。」

「不可能，絕對沒這回事。總而言之，波兒會造成我的困擾。」

不太喜歡貓是事實，但原因不只如此，他是希望藉著波兒的去留，看看能不能使晴香回心轉意。

「我不養牠。如果妳一定要留下牠，我只好丟棄牠。」

這是決定性的威脅，但她更棋高一著，絲毫不理會這種恫嚇。「你做得到的話就做吧！我知道你很溫柔，絕對做不出這種事的。牠沒有流浪的經驗，被丟棄的話可能活不了，或許過不了三天。」

「我說會丟就是會丟。」

「不可能！你做不到！」

旅行袋拉鍊拉上的聲音刺痛胸口。

她站起來：「再見了！雖然是這樣的結果，但畢竟還是有過許多快樂，我很感激你。希望你能找到更好的女人、過著幸福的生活。波兒的事眞的很抱歉，我也非常痛苦。」

反覆說著再見的她眼眶泛淚，但是他知道那並非因爲與自己分手，而是因爲要離開波兒而哀傷，一充至此完全失去阻止對方的氣力。

她並沒回頭，轉眼消失於門外。

就這樣，還沒跨過兩個季節，兩人之間就結束了。

晴香離開後，家中變得空蕩蕩的，秋風吹進心底，冬天的腳步接著來臨，夜晚漫長得幾乎無法忍受。就如她所言，一充無法丟棄波兒，只能繼續過著不快樂的同居生活。在這之前，不管餵食或清糞便都是由晴香負責，現在這一切卻得由他自己動手。

加班回家後都快累垮了，波兒卻因爲肚子餓而不斷地喵喵叫著時，他曾氣得想一腳踹過去，卻總是忍了下來。可能因爲想到這傢伙也一樣被晴香拋棄而替牠可憐吧？

波兒似乎知道對方並不喜歡自己，仍維持著若即若離的態度。但是一充也不以爲意，反正這只是一個孽緣。

福無雙至，禍不單行。在情侶們穿梭於已成爲神戶名勝的冷光電飾下的季節，他的公司竟宣告破產。走在聖誕歌曲洋溢的擁擠街道上，自己彷彿像賣火柴的少女般悲哀。電視新聞中說的「大掃除」讓他感到刺耳，似乎在告訴他「你也是這個世界上的廢物」。

藉著觀看既無趣也不好笑的各種電視節目與閱讀推理小說來消磨時間，寂寞的新年也就這麼過去了。每天吃便利商店的便當，也不想寫賀卡，相對的，收到的賀卡也是有生以來最少的五張。他抱著淡淡的期待，一張張看著，但其中並沒有晴香寄來的賀卡，於是再度沮喪不已。

接下來又接獲令人更不悅的電話。住在大阪的弟弟難得地來了電話，還以爲他要說什麼，想不到是來借錢，說是店裡的資金相當拮据，希望能向他周轉五十萬。他表示自己目前失業，手頭沒那麼寬裕而予以拒絕，但對方仍執拗糾纏。不過，沒錢就是沒錢！管他的！雖是唯一的親人，但自己從小就討厭對方，尤其是那與自己呈現明顯對比的長袖善舞個性，更令他無法忍受地感到不悅。

深知像這樣繼續頹廢下去，積蓄很快就會用光，雖然開始翻看報紙的徵人廣告尋找工作，卻因爲覺得無力連履歷表都懶得寫。

這樣下去眞的會成爲廢物！

情緒低落、猶豫不決之間，半個月又過去了。

明天是成人節（譯註：日本節日之一，每年一月的第二個星期一，紀念滿廿歲），放假一天。不，自己現在跟節日或星期例假日都扯不上關係。

這天晚上，他鑽入被窩，翻開文庫本，正打算好好閱讀登場人物既多、也頗難懂的翻譯推理小說時，發生了一件意想不到的事。

波兒彷彿理所當然似地鑽進被窩。明明從未抱過牠，也沒摸過牠，牠卻突然鑽入被窩，這讓一充驚訝不已，正困惑著不知怎麼回事時，牠在被窩中轉了一百八十度，緊緊貼靠著他。

之前餵食時，喉嚨從未咕嚕出聲的冷漠貓咪，現在這麼做只是因爲怕冷想取暖，絕對不是想親近他，但是，雖然心裡這樣認爲，還是湧生一股無法抑制的喜悅。

「覺得暖和嗎，波兒？」他輕輕掀起棉被說。

波兒圓潤的眼瞳望著他，短短喵叫一聲。

他感到同是一無所有的彼此靈魂交融，也首度由衷感激晴香留下了波兒。

「今後，妳每晚都要陪我睡嗎？」

波兒沒回答，只用略微發光的眼眸看著他。

他合上書，慢慢把頭靠在枕頭上，感受著貓的體溫，準備入睡。他害怕貓會因爲他一動而逃走，所以無法關燈。但是，他也絲毫不受影響，就在燈光下沉沉睡去。

——翌晨醒來，波兒仍在身旁。

※

經過三個星期。

雖然還沒找到新工作，也還過著沒有談話對象的生活，但是他的寂寞已然痊癒，因爲，波兒就在身邊。

最近，波兒在高興時，喉嚨會輕聲咕嚕，有時也會用粗糙的舌頭舔他的手。以前的疏離彷彿一場夢，現在的他非常寵愛波兒，甚至不願去想有可能會失去牠。

深夜回家時，他會對著熟睡的貓再說一次已成口頭禪的話：「妳哪裡都別去！絕不行！」

2

女人伸出戴著戒指的纖細手指，毫不猶豫地抽出一本文庫本。可能午休中的粉領族吧？她彷彿在鑑定古董似的，不斷從側面或斜面端詳著手上的書。

我的心臟劇烈跳動。

——快買吧！

她迅速翻閱內容，不久，開始閱讀卷末的解說。我站在約一公尺外假裝看書，事實上卻緊盯著她的一舉一動。

——買吧！不會讓妳白花錢的。

從沒親眼見到自己的書賣掉的瞬間，現在，這個決定性的時刻好像終於來臨。我幾乎想開口催促她趕快拿到收銀台結帳，解說不也寫著這是一本有趣的書嗎？

但是，她很難下決定。

我開始有點焦躁不安了，而且一直斜眼注意他人也很累。

就在此時，外套口袋裡的行動電話響了。我轉身背對著反射地望向這邊的女人，移動至附近的柱子後面。

「有栖川先生嗎？」通話處傳來兵庫縣警局調查一課的樺田警部的低沉嗓音。

「我是。」

「我是樺田，抱歉在你出門時打擾。四周似乎很吵，你在哪裡？」

「在梅田的書店買書。如果有要事，等我離開書店後再打給你。」

「是嗎？眞是不好意思。不、不，一、兩分鐘後我再打，畢竟是我有事找你商量。」

掛斷電話時，剛才那女人抱著文庫本經過我面前。我幾乎大叫出聲「她買了！」，但是，仔細一看卻不是我的作品。書名是《黑貓的殺意》！

搞什麼！那不是放在隔壁的書嗎？妳不後悔嗎？難道妳認爲有那種爛書名的翻譯推理小說會帶給妳樂趣？雖然我沒讀過《黑貓的殺意》，所以也不知道多有趣而無法比較……

眞是個白痴，居然興奮那麼久。我落寞地走出店外，靠在擺放本週暢銷書的櫥窗上。沒多久，樺田的電話來了。

「抱歉，你出門時還電話追蹤。雖然知道你很忙，不過有點事情找你商量。」

我可以猜出他要說什麼。應該是找我擔任以「實地考察」爲藉口、加入警方犯罪調查的「臨床犯罪學家」火村英生的助手吧！我問他，果然不出所料。

「哈、哈、哈，那傢伙會插手，一定是發生某樁棘手的殺人事件吧？」

只有發生可能會讓火村產生興趣的事件時，樺田才會和他連絡。

「嗯，該怎麼說呢？事件本身是單純的殺人未遂，並無特別奇怪之處，根本不值得火村教授親自出馬，只是因爲教授正好有事前來縣警局，才請他會同偵訊。但……被害者的證詞相當奇妙。」

「被害者的證詞很奇妙？」

「應該說是奇怪才對。我希望你能親自聽他說明……如何？現場自阪神武庫川車站步行還有段距離，火村教授也會過去，如果有栖川先生要來，我們就在車站剪票口碰頭。」

我很想現在就問清楚被害者的證詞究竟如何奇妙，不過，要說明清楚可能需要很長時間。反正我下午也沒事，所以回答：「好，我馬上過去。」

「那就好。被害者一定會很高興！因爲他是有栖川先生的忠實讀者。」

「什麼？眞的嗎？」我的反應不禁有些過度。

「還在發什麼癲？」火村的聲音突然在耳邊響起。

可能是警部迅速把電話轉給他吧！

「你是職業作家，沒必要那麼誇張吧？被害者說他讀過有栖川有栖所有的小說，很奇怪的人，對吧？」

「雖然我們是從學生時代就認識到現在，但你如果講話不留口德，少年白的頭髮會更嚴重的。我這就趕過去，不能讓你胡來。」

結束通話後，我快步趕往車站。務必要給忠實讀者貼心的服務。

武庫川是阪神電車從梅田開始算起的第十二個站。聽起來似乎很遠，事實上，阪神電車每站之間的距離很短，以時間來說，大約二十分鐘即可到達。月台正好名副其實地架在武庫川正上方，也就是在鐵橋上。在此之前，我都只是經過，從未踏上去。不過，一想到冰冷的河風，便覺得在冬天的黃昏後等電車應該很痛苦吧！

走下剪票口，有兩個男人站立在那。我本來以爲是火村與樺田，結果不是。與穿著黑色皮外套的副教授並肩站立的人是野上組長。他和往常相同，身穿泛黃的外套，板著不苟言笑的臉，即使與我四目相對，也只是讓下巴稍稍降低兩公分左右。

「讓你們久等了嗎？」我問。

他只是冷漠回答：「不！」

比我與火村年長十歲以上的這位——從基層一路辛苦爬上來的——刑事組長，絲毫不掩飾他對犯罪學家與推理作家加入調查的不滿。當然，我們也能瞭解他的心情，畢竟，他也只能克制著自己不去反抗上司的決定。

「我們也大約五分鐘前才到。野上先生要帶我們前往現場。」火村將菸屁股丟進菸灰缸裡，淡淡地說，好似完全不在乎一旁刑警的冷漠反應。

我是不太能應付這種難纏的老頭……

「沿途我會爲有栖川先生說明事件經過。」說著，野上邁開步伐往前走。

我只能表現出惶恐的神情。

順著武庫川土堤向西行，刑警開口：「被害者叫喜多島一充，二十八歲，去年年底失業，目前仍待業中。有栖川先生，有什麼問題嗎？」

我笑了。「不，沒有。」

我只是毫無理由地認爲即將見面的「忠實讀者」是位女性，當然，剛剛見到似是粉領族的女性拿著我的作品不能當作理由……

「他住在雙親遺留下來、有狹窄庭院的獨棟房子。唯一一位親人是雙胞胎弟弟。弟弟目前在大阪福島經營咖啡店，同樣是雙親留下的遺產。哥哥繼承房屋，弟弟則繼承巨額現款。」

刑警如此詳細地介紹，我想事件可能與弟弟有所關連。

「我必須事先聲明，這並非能作爲推理小說題材的複雜事件，而且被害者只是頭部遭到毆擊昏倒而已。」

雖說「只是」，但被害者一定不能忍受吧！何況繼續聽下去時，也發覺兇手不只是打昏喜多島一充而已。

「事件在兩天前發生，確切日期爲二月十七日午夜過後。被害者在起居室打盹時，有竊賊趁機侵入。雖然被害者的門戶緊閉，後門卻被輕易破壞。因爲門上嵌著玻璃，兇手利用疑似玻璃切割刀劃破之，打開門鎖後進入。」

蹓狗的老人與我們擦身而過，騎自行車的人從背後越過我們。立春時節早已過了，天氣卻仍時冷時溫，但是今天卻相當暖和。根據我的記憶，事件發生的十七日相當寒冷。

「被害者察覺到竊賊侵入的聲響而醒來，發現有人站在自己背後，想回頭時，前額卻遭到鈍器毆擊。」

3

這間房子並不大。據說喜多島一充的雙親在世時，只有他們夫婦倆住在這兒，兒子們都住在大阪市的公寓。

雖是老舊的房子，但至少也算一筆財產，弟弟也繼承了約莫同價的現款，兩兄弟應該感謝他們的父母。

出現在玄關的男人一見到我便低呼出聲：「啊！」

應該是書上有作者照片，所以他一眼就認出我是有栖川有栖吧！

我頓時覺得自己似乎成為名人而興奮。

不必他自我介紹，一眼即知他就是被害者，因為他的頭上纏滿繃帶，看起來好像很痛的樣子。但是，經過精密檢查後，目前還不需擔心有什麼後遺症，算是不幸中的大幸。

「警官果然沒騙人，我作夢也想不到能請來有栖川先生加入事件調查。我是喜多島，是你的忠實讀者。」

「謝謝。」我胸口湧起一股暖流，甚至在想，應該要帶件手禮來才是。

「這位是英都大學的火村教授嗎？麻煩你了。」他低頭致意，「聽說你是犯罪學專家，經常協助警方解決事件。有栖川先生小說中的偵探就是以教授爲藍本嗎？」

「沒這回事！」我忍不住嚴肅地回答，「不，沒有。沒有藍本的存在！雖然我與他一起加入警方的調查，卻不會將之反映在作品中。」

「啊，我想也是。因爲現實世界裡發生的事不會像推理小說的世界那樣誇張。」

雖然我認爲那也不見得，卻只是默默微笑。火村會插手的事件通常都相當異常。

「我被捲入的事件要說尋常，的確也很尋常，警方感到困惑的也只有一點，推理作家加入調查大概也不會有多大收穫，但是，我仍希望能借重你的智慧。」

野上不耐煩似地扭曲嘴唇。平時連犯罪學家加入調查都無法忍受的他，這次的被害者竟然說要借重推理作家的智慧，他絕對感到很不是滋味。

「進去聽你說明吧！」刑警語帶諷刺。

※

被害者重複一次野上說過的內容。

「剛醒來便遭受重擊，完全不知道發生什麼事，只感到一陣劇痛就倒下。兇手可能以爲我在一擊之下就昏倒了吧？不過，我並非完全喪失意識。」

他看來比實際年齡還要再年輕幾歲，皮膚也散發光澤，彷彿還是個大學生，只是眼睛不住眨動，欠缺與年齡相符的穩重。

我們就在事件發生的房間聽他陳述。是間大約十張榻榻米大小的起居室，以百葉窗隔開廚房兼飯廳的房間。與其說收拾得很乾淨，不如說是個無趣的房間。牆上連幅畫也沒有，也沒有月曆。角落的書櫃裡整齊排列著有栖川有栖的作品，讓我覺得非常有面子。

面對電視只有一張大沙發，我與火村坐在沙發上，一充與野上則坐在從飯廳搬來的椅子。事件當晚，一充就睡在我們坐著的沙發上。

「你倒在地板上，神智朦朧？」我希望藉著詢問來讓忠實讀者感受到自己所具有的偵探才華。

「是的，雖然全身癱軟，但是兇手應該也知道我還沒死。當時的我非常絕望，兇手若想殺我，一定會再次毆擊。但是，兇手卻什麼也沒做！我努力睜眼窺看，發現兇手就這麼站著，好像正低頭望著我。我感到很不可思議，心想，他在做什麼呢？」

若說不可思議，確實也是如此。因爲，兇手若抱持殺意，應該就會予以致命的一擊；若是盜竊，應該也要開始搜刮財物。

「我以爲那傢伙若企圖盜竊，一定會開始搜刮財物，想不到他卻做了恐怖的事。雖然我無法用眼睛追著他的動作，但仍猜得到是怎麼回事。他正打開廚房的瓦斯爐讓瓦斯外洩。聽到嘶嘶聲而明白對方的企圖時，我不禁全身汗毛豎起。」

「兇手始終保持沉默？」

「一句話也沒說。或許是害怕出聲會讓我察覺他的身分吧！」

不過，一切還是很難下論斷。我催促他繼續說下去。

「你聽到瓦斯外洩聲，卻只能躺著，什麼都沒辦法做？」

「我的意識逐漸模糊，只是茫然地想著『我一定會死，沒救了』，心中非常不甘願。」

之後，他好像昏迷過去。

「也不知道過了多久，我忽然恢復意識。一時間記不起自己到底怎麼了，但是頭部的劇痛馬上讓我想起一切。房內充滿瓦斯，令我作嘔想吐。我開始後悔爲什麼要醒來，若能在昏迷中就此死去該有多好。我微微睜眼望向四周，見到了出乎意料的人——兇手竟然還在房裡。」

這應是他證詞中最重要的部分，火村與野上都交抱雙臂仔細聽著。

「你們可能不會相信吧？事實上，連我自己都無法相信。我就倒在現在有栖川先生坐著的腳邊，兇手站在百葉窗附近，當然，百葉窗已經拉開。可是，兇手竟做出更令我驚訝的事，他以正面面對著我！我全身發抖，因爲，那傢伙就是一孝。」頭上包著綳帶的男人用力地說。

「也就是說，與你同樣容貌？」野上問。

一充似乎聽而未聞，雙手握拳，肯定地說：「沒錯，就是他！我並不是看見鏡中的自己而產生錯覺。這房間內沒有鏡子，而且對方站著，我則倒在地上，不可能會是錯覺，對不對，有栖川先生？」

他徵詢我的附和。爲了服務讀者，我很想說「是」，但這完全是兩碼子事，我保留不答。

「這個屋裡只有洗臉台有鏡子。可能是我的影子比較淡吧？每次照那面鏡子都覺得有點模糊。」

怎麼可能！

「一孝先生反應如何？」火村問。

由於是以一孝爲前提詢問，一充似乎很滿意。「他似是毫無目的地呆站著。再細看時，發現他肩上抱著波兒。波兒是我養的母波斯貓，雖然因爲牠是波斯貓就取名波兒有點不倫不類，可是那是前飼主取的名字……」

「貓嗎？」火村完全不理會什麼名字。「你被毆擊時，那隻貓也在這個房間裡？」

「不知道。在我打盹前，牠在這裡進進出出。牠是隻很漂亮的貓，你看到就知道了……對了，牠好像又出去了，如果在家，我會叫牠向你們打聲招呼。」

眞是無聊！

火村還是不予理會。「一孝只是抱著貓？」

「不，我正想著那傢伙爲什麼會抱著波兒時，他轉身跑出房間，好像前來營救波兒似的。我還想說『太好了，波兒得救了！』，自己簡直就像個白痴，連自己幾乎要被弟弟殺害都不擔心。等聽見房門關起的聲音時，才終於注意到那傢伙就是企圖毆殺我的兇手。」

「可是，你遭毆擊時並未見到對方的臉孔吧？」我問。

他失望似地神情一黯。「是沒看到。但是，我意識恢復時，站在那邊的確實是一孝！他總不會半夜趁我昏迷時來訪，然後呆立在滿是瓦斯的房間裡吧？更何況那傢伙只抱走波兒，若他不是兇手，應該不會棄我不顧吧！」

是不太可能如此。這麼一來，雙胞胎弟弟果然有可能是兇手……

「這點暫時不談。不過，當時你眞的很危險。」野上改變話題，「幾乎可說是九死一生。」

「如果經過這件事後能活久一點更好。」

弟弟離開後，他拚命爬到瓦斯爐邊，成功地關閉瓦斯開關。但是想站起來開窗卻非常困難，所以用雙肘撐地爬出走廊，利用臥室的電話撥一一〇報案。

「在等人來救援之前，我一直趴在那裡，很擔心瓦斯會被引爆。可是我實在站不起來，等待巡邏警車到達的這段時間眞是非常漫長難挨。」

應是不想死的本能讓他拚盡全力吧！但是依他所言，是對弟弟的憎恨讓他產生支撐下去的力量。

「雖然從未想過會被弟弟所殺，不過也不是沒有任何徵兆。那傢伙正爲了錢傷腦筋，可能因爲我拒絕幫忙而懷恨在心。我們兄弟倆的感情本來就不好，雖然我目前失業，積蓄也快用光，不過我還有這棟房子，他絕對是想染指這棟房子。」

我認爲這樣的斷言毫無根據，但他堅持有看到兇手臉孔，也難怪他會如此了。

「一孝的生活眞的那樣拮据？」我試問。

「詳情我是不太清楚，可是，他哭喪著臉哀求說『就算一月能勉強捱過，二月絕對資金短缺』，所以才會狠下心腸吧？我是覺得，如果眞的撐不下去，就把店面收起來。可是那傢伙似乎很固執。而且，他現在有一位相當親密的女友，不得不焦急地想維持住店面。那位女性相當美麗，個性好像也很溫柔。」

「你認識嗎？」野上很意外似地問。

我也很懷疑，一充爲何會認識感情不睦的弟弟的戀人。

「不是那傢伙介紹給我認識的，而是一場奇怪的偶遇。幾天前，我在梅田逛到傍晚，歸途的電車上忽然有女人對我說『今天店裡公休嗎？』，我不認識她，所以回答『妳認錯人了吧？』，沒想到對方大吃一驚。一孝似乎沒告訴她，自己有個雙胞胎兄弟，因此才會認錯人。她應該是叫坂本猶美……好像住在出屋敷，當時正要下班回家。雖然她在十分鐘後就下車，不過我們談得很融洽。若是爲了抓住那女孩的心，一孝可能會採取大膽行動。」

一充彷彿確定弟弟有行兇動機。

「喜多島先生，」野上用力一拍膝蓋，教訓似地說，「雖然你似乎有著強烈的執著，但是，令弟並非兇手，應該是你搞錯了。」

「不，雖然頭部遭毆擊，也吸入相當多瓦斯，但我很確信逃離現場的人乃是一孝，沒有更正的必要。」

「可是令弟他……」

「這點請警方務必仔細調查。那傢伙很狡猾，絕不可以被他欺騙。而且他的朋友也多，很可能暗中串通好……」

野上搔著頭，望向我與火村，似乎在說：接下來隨便你們。

犯罪學家靜靜地問：「請更加詳細說明你見到兇手時的情景，不只容貌，還有身材和服裝。」

「身材的話，只要看我就知道了，中等身材，肩膀微駝。另外，我與他都討厭理髮，所以頭髮都一樣蓬亂。身上應該是穿褐色系的套頭衫吧？下半身則記不得了。」

「倒地當時，你應該有看到兇手的腳，連鞋子也不記得嗎？」

「我只記得是穿長褲……」

「是與逃走的男人穿同樣的長褲？」

一充搔頭不解。「應該是一樣的吧！我不認為在充滿瓦斯的房間有換褲子的必要。」

「也就是說，你並無明確的記憶？這樣的話，你昏倒前見到的男人有可能與你恢復意識後見到的男人並非同一人。」

「有可能？理論上雖然有可能如此，但是，這很奇怪吧！你的意思是說毆擊我的男人是竊賊或什麼的，在那傢伙離去後，一孝卻偶然來訪？而且他雖然發現我倒在充滿瓦斯的房間，卻視若無睹地逕自離去，只抱走波兒。這怎麼可能！有栖川先生，不會有那樣的偶然吧？」

他任何事都一一尋求我的認同。我無法確定，因此沒有點頭。

「確實是很難這樣認爲。」即使如此，我仍客氣地回答，「不過，波兒被一孝抱走後，後來怎麼了？」

「第二天早上就回來了。當時我被送到醫院，是事後才聽說的……牠在我家玄關前不斷叫著，所以鄰居女主人讓牠進入她家。可能是一孝在逃走途中將牠丟棄吧！」

這時，野上又開口：「等一下！關於貓的事，警方已查明，但與你所說的完全不同。事件發生當晚，有人一直照顧著那孩子——波兒。」

「這是怎麼回事？」一充愣住了。

「離這兒約莫五十公尺有戶姓木場的住戶，木場家的女兒補習回來時拾獲了波兒並帶回家。因爲牠戴著項圈，所以知道這是有人飼養的貓。不過她還讓這隻可愛的貓陪了自己一個晚上。翌晨，她媽媽發現後，斥責她說『貓的主人一定很擔心，不能隨便抱回來。』，所以才將波兒放走。這是昨天深夜我們查訪得知的消息。」

「啊，還好有給牠戴上項圈，否則會被誤以爲是棄貓了。」話一出口，一充表情轉爲僵硬。「你說波兒一直在木場家？你一定搞錯了，因爲我確實有看到牠。」

「你向警方報案的時間是十七日上午零時二十分。你說在那之前看見一孝抱著波兒逃走，但是這並不可能，當時貓在別人家睡覺。木場家的女兒沒有撒謊的必要，對吧？」

「我沒說她撒謊。她一定是搞錯了，很可能是附近有人也養了波斯貓，也剛好跑出來夜遊，卻偶然被她抱回家。絕對是這樣！有栖川先生，不是有這麼一句格言嗎？『刪除不可能存在的假設，最後留下的雖然很少，卻絕對是眞實』。這是夏洛克・福爾摩斯說的吧？」

雖然是福爾摩斯說的話沒錯，卻還沒達到格言那樣雋永。

野上苦笑：「著名的虛構偵探怎麼說我是不知道，但是木場家母女指出的貓的特徵與波兒完全一致。雖然貓的容貌很難區別，但是，你的貓項圈卻很有特色，很難認爲附近會有其他隻戴著桃紅色、上有黃色水珠圖案項圈的波斯貓在外遊蕩。爲求愼重起見，我們也調查過附近的寵物店與超市，證明該項圈是新產品，只有車站旁的『寵物樂園』有販售。只不過，販售的項圈上附著鈴鐺。」

「我就是在那邊買的，因爲鈴鐺聲刺耳才將它拆掉。購買的時間正好是事件當天，不，正確說來應該是事件前一天傍晚。」

「沒錯嗎？對方也說只賣掉一個。所以戴著這種項圈的波斯貓應該就是波兒。你雖然堅稱看到抱著波兒的令弟離開現場，不過，現在應該撤回這樣的指控了吧？在那個時候，貓有在木場家的『不在場證明』，而且，令弟也有不在場證明。」

「我眞的看見了。」一充求助似地望著我。

4

無論如何都有必要聽一孝怎麼說。我們前往他在福島的咖啡店。

走在與來時同樣的武庫川沿岸道路上，野上的行動電話響了。他接聽電話時的神情微妙，所以我知道應該有什麼新的消息，但是，結束通話後，他並沒有告訴我們。

在阪神電車線上，福島在梅田前一站。喜多島一孝經營的「KK咖啡店」位於從國道2號公路往南不遠處，二樓好像是住家，馬路上瀰漫著濃郁的咖啡香，或許會有很多客人聞香而來吧？雖然是事先連絡好的造訪，店內仍沒客人，只見穿著手織套頭衫的老闆默默磨著咖啡豆。不僅外觀，連內部裝潢都是柔和的原木色調。

「兄弟感情再怎麼不睦，也想不到竟會被一充指爲兇手，坦白說，這對我眞是重大的打擊，好可悲！就算此次誤會冰釋，想恢復彼此的關係大概也很困難了。來，請慢用。」

我們坐在櫃檯前，面前各擺了一杯藍山咖啡。雖然我們堅辭，他仍表示「希望你們品嚐過後告訴我感想」。火村與我一向都喝即溶咖啡，不知道能否予以適切的品評……

「居然毫無顧忌地講出那樣的話，令人感受到他深刻的惡意。」老闆嘆息。

雖說同卵雙胞胎會這樣是理所當然，但是，一孝不論容貌、身材幾乎都完全酷似一充。只不過，這位弟弟的個性似乎比較開朗，而且畢竟是做生意的人，待人接物方面都表現不錯。

「你們兄弟從以前感情就不好？」我問。

「只是合不來。」一孝攪動湯匙說，「我們兩人的個性雖是一陰一陽，但應該也不會因此就無法融洽相處，問題在於，那傢伙眼裡根本容不下我，似乎是因爲我反應較靈敏而不高興，但依我看，那是他自己太遲鈍。而且，雖然是同樣一張臉，卻只有我的女人緣不錯，這點大概也傷了他的心吧！」

「啊，我能理解。我也有雙胞胎兄弟，因爲他總是很受歡迎，常常讓我受到傷害。」我說。

「可是，也不該因此就互相厭惡呀！咦，火村先生，咖啡裡有髒東西嗎？」

副教授回答：「我是貓舌。（譯註：很怕燙）」

「哦，貓舌嗎？提到貓……關於那隻波斯貓，」一孝從套頭衫口袋抽出一支菸，點著，「那似乎是到去年秋天爲止都與一充同居的女孩留下的紀念品。名字叫波兒，應該是那女孩取的吧！我想，那傢伙是因爲失戀加上失業，導致精神上出現毛病。咖啡味道如何？」他問我。

回答的卻是野上：「不錯，這是牙買加出產的吧？藍山眞正的醇味完全展現出來，一百分，毫無瑕疵。」

「嘿，看樣子刑警先生是咖啡通，能獲得高手稱讚眞令人高興，請再品嚐一杯吧！如果你住在附近，一定會是常客……」

「不，很遺憾。我倒寧願你能到縣警局旁邊開店。」

我不知道這個老頭竟是咖啡通，眞是人不可貌相。我敘述自己的感想「味道眞的不錯」後問道：

「一充先生喜歡貓嗎？」

「不，他應該不喜歡貓或狗。我們家對寵物都沒什麼興趣，連金魚都沒養過。雖然他現在很寵愛波兒，但那應該只是長期相處下產生的移情作用吧！當然，也可能因爲波兒是他尙未死心的女孩所留下的紀念品而寵愛著牠。」

「你不太喜歡貓？」飼養三隻貓的火村慢慢啜著咖啡問道。

「我承認貓是美麗的生物，卻討厭牠的陰險，尤其不喜歡長毛貓，或像波斯貓這種看起來自傲的貓，半點也不可愛。」

可能還很燙吧？火村放下咖啡杯，叼著駱駝牌香菸。不論喝咖啡或享受拉麵，他都是慢條斯理。

「即使是你不喜歡的波斯貓，如果被關在充滿瓦斯的房間裡，你有可能進去救牠嗎？」我問。

「我畢竟是有血有淚的人，應該會去救吧！不過，一充說他看見的救貓男人並不是我。我那天不在武庫川，九點打烊後，我一直和幾個朋友在一起玩樂。」

好像是有一位常客生日，所以除了他以外，還有五個人一起到附近的卡拉ＯＫ包廂慶祝到半夜。

警方已調查過每個人，確認了各自的不在場證明。

「若我的不在場證明有任何疑點，請你們澈底調查。那天晚上，我一步也未離開過這個鄉鎭。」

他好像非常有自信的樣子。

「你的經濟狀況不佳是事實嗎？」我試問。

「不錯，那是事實，而且相當嚴重。可是我不會因爲這樣就殺人，更何況，我另外還有一張足以克服危機的王牌。與我交往的女性有相當的積蓄，她願意援助我。雖然我盡可能地想避免接受她的援助，不過，在不得已的情況下，我還是找了她商量，結果她答應借我兩百萬，眞的。」

「是在電腦公司上班的坂本猶美小姐吧？」野上微微斜眼望著他，「你有個好戀人呢！準備結婚嗎？」

「我借用了她的結婚資金，當然會與她結婚。不過，咖啡店的生意一直不理想，她與其到我店裡幫忙，不如繼續目前的程式設計師工作。」

聽他所言，好像完全沒有殺害哥哥的動機。但是，這位老闆看來能言善道，反而令人覺得無法相信他的話。

「坂本小姐與你交往前沒有親密的男性朋友嗎？」野上問，喝光咖啡，「謝謝，已經夠了。」

「你的問題很突兀。她已經二十七歲了，當然會有過幾次的戀愛經驗吧？畢竟都是成人了。我也一樣。」

「如果是已經過去的戀情當然沒問題，但……你聽過駒井謙一郎這個名字嗎？」

「……沒有。」

我也是第一次聽說駒井謙一郎這個名字。

火村叼著菸，緊鎖眉頭。

老闆一孝也好像很訝異。

駒井謙一郎到底是什麼人？

「如果不知道也沒關係。兩位先生還有什麼問題嗎？」

我很想問野上有關駒井謙一郎的事。但火村卻回答：「沒有了。」

可能認為出了店外再問就可以吧？

我們道謝後並要離開時，他補上最後一句話：「我有不在場證明，證明我與事件毫無關係。行兇時刻是午夜零時至零時半左右，對不對？若是這個時間，我們的聚會正熱絡，卡拉ＯＫ包廂的員工一定也可以幫我們證明。」

出來到外面，我立刻詢問有關駒井謙一郎的問題。

野上拔掉一根鬍鬚後說：「前往武庫川的途中，我接到樺田警部的電話，獲知坂本猶美寄信向尼崎警局求援，表示昔日同事駒井謙一郎對她糾纏不休，讓她飽受威脅，希望警方能想辦法幫忙。那是所謂的跟蹤狂，在公司前等她下班，然後跟蹤至住處附近；最後更脅迫她『若不答應交往，絕對會殺掉妳』。她不知該如何是好，也不敢告訴喜多島一孝，所以一孝連駒井的名字都不知道。」

「這究竟是怎麼回事？」

我不明白這與喜多島一充的事件有何關連。

「你想不通嗎？」野上很愉快似地問我。我無法立即回答，他隨即微笑地將視線移到火村臉上。

「但是，副教授報以冷靜的笑容：「跟蹤狂應該快被逮捕了吧！或許駒井不知道坂本猶美的戀人是雙胞胎，所以才報復錯對象。」

野上沉默無語。

5

再度拜訪喜多島一充是在兩天後、令人感到春天腳步近了的暖和星期天。

尚未拆掉繃帶的一充高興地迎接我與火村。我遞給他在阪神百貨公司買的點心盒時，他誇張地表示惶恐之意，不過，當我說這盒件手禮是爲了慶祝事件解決，他卻一臉無法釋然。

「你們的心意我很感激，可是，事件眞的已經解決了嗎？我還是不這麼認爲。」面朝兩天前同樣坐在沙發上的我們，一充不滿地說。

昨天下午，駒井謙一郎因涉嫌殺害喜多島一充未遂而被警方逮捕。警方深入追查他這幾天的行蹤時，駒井供出了一切。他在長達三個月地持續跟蹤並恐嚇坂本猶美後，得知對方有位名叫喜多島某某的戀人。雖然他反覆強迫「斷絕與那男人的關係，和我交往」，可是猶美毫不理會。某日，他在電車上看到下班後的她與一個男人交談，以爲那就是自己的情敵，跟蹤對方後發現該男子進入掛著喜多島門牌的房子裡。他認爲就是這傢伙從中阻撓自己的戀情，因此只要除掉他就沒事了。當然，會有這樣的想法就表示他的精神狀態並不正常……

十七日深夜，駒井終於採取行動。

「但他是否有殺意仍存在著疑點。」火村靜靜說道，「反正他抱著要好好修理對方的念頭，備好玻璃切割刀與鈍器潛入這裡，而你正毫無防備地打盹，於是他在恨意的驅使下將你擊昏。雖然餘怒未消，他卻躊躇著不想親自殺人，所以在打開瓦斯爐讓瓦斯外洩後便迅速逃走。他是否有確切的殺意相當微妙，不過，他也明顯有蓄意之嫌——就算你因此死亡也無所謂，因此警方才會以殺人未遂的罪名將他逮捕。」

「刑警先生也是這樣說。可是，我不認爲事件已獲得澈底解決。因爲駒井與我在瓦斯氣體中看到的男人完全不像，而且身材又胖。」

「駒井讓瓦斯外洩後就離開現場，你看到的不是他。」

「怎麼可能？不應該會有第二個闖入者啊？如果駒井說的是實話，那麼我昏倒的時間一定極爲短暫，頂多不到一分鐘。」

「這與你自己所說的恢復意識時，瓦斯味相當濃的說詞就產生矛盾了。」

「那是……」他想反駁卻說不出話來，望著我腳邊。

到底怎麼回事?我低頭一看，在我小腿附近有一隻貓，是隻毛色非常漂亮的波斯貓。

「這就是波兒嗎？」

「是的。雖然牠本來就不怕生，但與有栖川先生好像特別投緣。你不會討厭牠的磨蹭吧？」

「那當然。哈、哈，好像絨毛玩具貓一樣可愛。」

我撫摸牠背部，牠輕輕地跳起，碰到我的腳脛。讓動物覺得你可以親近實在是很愉快的一件事。聽說外來種的貓很高傲、個性也彆扭，但波兒卻平易近人。

「抱歉！」火村抱起牠，放在膝上。

「比我想像中還重，應該有五公斤多吧！看起來很健康，毛色鮮豔有光澤，口腔也很乾淨。」以應付貓來說，他比我高明好幾倍。

「火村教授也有養貓？」一充的表情緩和下來。應該是感覺得出來副教授喜歡貓吧！

「是的，養了拾獲的三隻雜種貓。」

「哦，養了三隻?眞好。我本來也想多養幾隻的，只有一隻的話，若我出門，牠一定很寂寞。」

一提到貓他就一臉陶醉的神情，可見他一定非常溺愛貓。貓，眞是可怕的動物！

「聽一孝說，牠是你已分手的戀人留下來的？」火村說。

他搔搔頭皮：「我和他通電話時，波兒叫了幾聲，所以他問『喂，你該不會是養貓吧』，我回答『是女人留下的』。我本來不喜歡動物，一開始覺得很麻煩，牠也根本不黏我……」

但是，某個夜裡，波兒鑽進他的被窩——那是個彷彿被全世界遺棄的陰鬱夜晚。

因此，他有一種言語難以形容的喜悅。

貓兒在火村膝蓋上非常地乖巧，只是時而憂鬱地搖著尾巴。

「啊！貓的事可以不必多談，」一充似乎回過神來，「最不可思議的是在瓦斯氣體中激喘並望著我的男人。那絕不是駒井，是一孝。」

「不，你錯了。」火村斬釘截鐵地說，「他有不在場證明。」

「也只有不在場證明而已。但是，我這個被害者既然如此堅持，就請你們認眞聽我說。不在場證明成立絕對是警方的錯覺。」

我不得不對他提出忠告：「請你冷靜思考一下。駒井都已自白是他所爲，接受偵訊的過程中也說出只有兇手才知道的各種事實，但你卻仍想推翻一孝的不在場證明，這未免太可笑了。」

可是，他仍堅稱：「我一直期待有栖川先生能識破不在場證明的僞裝詭計……那傢伙確實在場，而且還帶著波兒逃走。」

「啊，對了。」我豎起食指，「波兒也有在木場家的不在場證明，總不可能連波兒都僞裝不在場證明吧？」

他果然無法對此提出反駁：「也許兇手準備了酷似的貓……」

「這麼做根本毫無意義。」我說。

「不，說不定有意義。」他還眞是徹頭徹尾的頑固。

「或許，眞有我們所無法想像的意義。」火村說。

怎麼可能會有？這是再清楚不過的事情啊！

一充用力頷首：「沒錯，有栖川先生，那句福爾摩斯的格言『刪除不可能存在的假設，最後留下的雖然很少，卻絕對是眞實』絕不會錯。雖然不太可能會準備酷似的貓，但這若是最後剩下的假設，那麼它一定就是事實。」

膝上放著貓兒的男人這次否定地說：「不，你錯了。準備酷似的貓是不可能存在的假設。你在差點被殺害的前一天傍晚替牠買了新項圈，而且警方也證實購買這種新項圈的只有你一人。」

「警方只調查過這附近的寵物店。對方也許是在他處購買。」

「兇手要如何知道波兒從當天晚上開始就戴著桃紅色、有黃色水珠圖案的項圈呢？」

「我明白了，一定是『寵物樂園』的店員所為！這樣的話，他既能知道我買了那個項圈，同時也能取得同樣的東西。」

這麼做對店員有何好處？

不過，火村很有耐心地想說服對方：「不可能！對方不可能想到你會把鈴鐺拆下。你知道嗎？當天晚上知道波兒戴著什麼樣項圈的人只有一個，那就是你。」

「不，我倒臥在地板上，抱著貓的人……」

「所以，一充先生，那個人也是你。」

我不明白火村的意思。

但是，一充的樣子卻相當奇怪，右手摸著額頭，全身僵硬。

「雖然是不太可能存在的假設，但若沒有其他的假設能成立，那它一定就是事實。你確實見到了自己的幻影。若是眞的喜歡推理小說，你或許能理解所謂的『自我幻視』這個名詞。」

我楞住了。我曾聽過有極少數的人能見到自己的分身，也讀過有過這種經驗的歌德或芥川龍之介等文豪所寫的文章。那現象太過驚悚，於是自古以來就被視爲不祥，謠傳見到自己分身的人很快就會死亡。

「火村教授，請你不要講些可笑的話。所謂的『自我幻視』只存在於小說或戲劇之中……」他好像沒有自信似的，語尾含糊不清。

「正因爲是現實生活中發生過的現象，所以才會被小說與戲劇採用。」犯罪學家面向我，「推理小說中若採用這種題材，通常是用在最後的解謎吧！也就是說，分身的眞相乃是由誰裝扮之類的……然而，它確實是存在於現實之中，既是精神分裂症的症狀之一，也是癲癇發作時的虛幻體驗，有時也出現在一氧化碳中毒的時候，另外，身心健全的人在日常生活中也曾出現這樣的病例。」

「一充先生的情形則是出現在非日常性的危機時刻。」

「因爲你希望見到做出這種行爲的自己，所以產生幻視。喜多島先生，你見到的就是這個。」

「我不這麼認爲。」

「我可以體會你的心情。但是，其他的可能性已經完全被否定了。」

「結果……一切只是我的錯覺？」

我以爲他會萎頓在椅子上，不過他沒有。他還是保持同樣姿勢，只是臉色慘白。

「你說過見到那個影像時曾害怕到全身顫慄，並認爲這是因兇手尙未離開而感到的恐懼。然而，事實上，那種顫慄卻有其他的意義，也就是說，那是體驗到自我幻視的恐怖而導致的全身顫慄。這是種思考的慣性，所以你才會產生『我正站在那裡？不可能！那是與我容貌相同的弟弟』的認知。」

波兒站起來，輕巧地跳下地板，用身體摩蹭著一充的小腿。飼主抱起牠，寂寞地說：「教授，我見到自己的分身，應該活不久了吧？」

「那只是單純的迷信。對了，你說洗手台的鏡子映照不出自己的臉孔，那是種譬喻的說法嗎？」

一充摸著波兒的耳朵回答：「我曾有過那樣的感覺，亦即，『啊，怎麼看不見自己？』。不過因爲害怕，所以並未仔細再看第二次。」

「那是很稀有的經驗，精神醫學報告中也出現過看不見自己在鏡中的影像或同時看見兩個自己影像的病例。由此可知，你的確是見到自己的幻影，不，應該說是自己的分身。」

室內一陣沉默。波兒的喵叫聲劃破沉默。

「啊，對了。」火村突然在公事包裡摸索著，「我還從家裡帶來另一項伴手禮。」

他拿出的是裝在塑膠袋內的煮魚乾。

波兒跳下地板，仰頭望著火村。

「這次的事對你而言雖是種災難，可是能聽到你親自說明珍貴的體驗，我深覺榮幸。」雖然算不上安慰，我仍半開玩笑似地說。

望著貪婪地吃著煮魚乾的愛貓，一充羞澀地笑了：「很抱歉最後的結局無法讓你當成推理小說的題材。畢竟，若是追查出分身的故事還好，但兇手就是分身，那眞是一團糟了。」

副教授蹲下注視著貓，開口說：「你過去的戀人是很好的女人，因爲她和你分手時留下這麼完美的分身給你。通常，女人是什麼都不會留下的。」

「那是教授的親身經驗？」

「不，是一般的看法。」

氣氛正融洽時，我問了一個一直惦記在心的問題：「對了，你書櫃裡有一本《黑貓的殺意》文庫本，內容有趣嗎？」

一充的表情像是嘴裡含著一塊結晶鹽：「不，那是一本爛作，有栖川先生最好不要讀它。」

「哈、哈，眞的那麼爛嗎？」我內心湧生甜美的喜悅。

貓、雨、副教授

火村住處的老婆婆——篠宮時繪——打來電話，謝謝我在取材旅行時從高知寄給她的芋頭羊羹。話筒那端能聽見響亮的貓叫聲，似乎正吵架、互相追逐著。

「很熱鬧呢！」

「哎呀，眞的太吵了。」婆婆雖然這樣說，眼睛卻一定瞇成一條線了吧！「第三隻來的母貓最糟糕，一定是在外面流浪太久，很難教。」

這……婆婆家的貓應該只有瓜太郎（幼貓時的褐色斑紋令人聯想到小山豬身上像西瓜般的紋路，所以據此命名）與小次郎（瓜太郎的弟弟，頭、背、尾巴是黑色的，下顎到腹部是白色的）兩隻公貓而已。

「不，上個月初的一個下雨天，火村又撿回來一隻，說是在路旁喵喵叫著，如果不理牠，很可能會凍死，所以就帶回來，問我說『婆婆，再加一隻應該沒關係吧？』，因爲他的表情很嚴肅，我只好笑著答應。」

聽婆婆這麼一說，我忽然覺得日以繼夜和殺人兇手苦鬥的「臨床犯罪學家」火村英生副教授其實也很孤單，忍不住笑了出來。

※

火村不喜歡濃密的人際關係，到了三十四歲仍是孤家寡人——雖然我自己也一樣，但他就是抗拒不了貓。我雖然也喜歡貓，卻遠遠比不上他。

造訪火村的住處時可以清楚發現他的細心。他總是基於深刻的瞭解而改變對待兩隻貓的態度。譬如，即使他在與我談話，如果瓜太郎在一旁繞來繞去，他就會問：「瓜，餓了嗎？吃太多又會變胖的。」，或是：「你的趾爪掉了，是勾到地毯吧？」之類的話。瓜太郎是只要有人和牠說話，牠就會很高興的貓，隨即像被撫摸般地咕嚕出聲，甚至還會踮腳跳著。

小次郎來的時候，火村則會立刻抱起牠。這隻貓似乎很重視肌膚相親，而且不是抱著就行，還必須迎視牠抬頭看的視線，同樣凝視著牠。否則牠連睡癖都會變壞，這時再怎麼彌補都已太遲。

「如果你對人也同樣細心，除了我之外，應該還能交到其他朋友，甚至離開學生時代租住至今的這裡，與自己迷戀的女性在某處過著新生活。」我調侃他。

駱駝菸的煙霧噴到我鼻尖：「這可是嚴重的誹謗！我對人可說是充滿愛心。以朋友來說，我只要舉起手揮一揮，立刻聚集最少一卡車。」

「女人呢？」

「這……一卡車是載不了，最少需要一列貨車吧！」

「一列貨車載滿母貓嗎？」

火村大聲對瓜太郎說：「瓜，聽到了嗎？這位叔叔雖然是作家，卻完全沒有觀察人類的眼光。」

這時，瓜太郎做出嘲諷人的打呵欠動作。

我忍不住大笑。

※

「這次的貓取好名字了嗎？」我問婆婆。

當然是已經決定好了。

「瓜太郎和小次郎是火村取的名字，這回當然由我來命名。牠叫小桃，因爲牠是三月三日桃子節撿回來的。火村到東京進行調查工作，明天才會回來，他對這女孩可放心不下呢！」

話筒裡傳來響亮的喵叫聲。

「剛剛是……小桃？」

「對呀，精神不錯吧？有栖川先生，有空可以過來看看呀！」

或許我該戴著滑雪用的厚手套去比較保險！

「不久後會去拜訪的。」我回答。

眞是標準的笨蛋父母，房東與房客都一樣。

掛斷電話後，我回想婆婆的話，最經典的就是火村說的「婆婆，再加一隻應該沒關係吧？」。我想像著火村抱著全身溼透的流浪貓的情景。

對了，聽說瓜太郎是婆婆撿回來的貓，小次郎則也是火村在雨夜裡拾獲的貓。這男人未免太心軟了！

看看時鐘，還不到十點。我有點擔心，婆婆今天晚上能睡得著嗎？

我回書桌前開始工作。最近靈思泉湧，我順利地輕敲鍵盤。完成約五張稿紙的份量時，抬頭見到雨絲沿著窗玻璃往下滑落。

我凝神靜聽。外面好像有貓叫聲，但是，似乎是錯聽。

我看著映在窗玻璃上的自己。

記得有一次與火村走在雨中時，火村突然停了下來。

「怎麼回事？」

隔了好一會兒，副教授才回答：「不，沒什麼。」

他再度邁開步伐。

「眞是奇怪的傢伙！」

當時火村雖然什麼也沒說，但……

很可能是聽到貓叫的聲音。

後記

依照慣例，大略聊及各作品用來代替飯後的咖啡，這回題材一貫。

※

一九九四年十二月二十四日深夜（嚴格說來，應該是二十五日凌晨一點三十五分至三點），讀賣電視台播出〈午夜夢迴特別節目・寒冬之夜的推理〉。雖然是深夜時間，播放地區又只限關西一帶，不過卻是相當用心製作的節目。前半段裡，主持人伊藤成功地邀請特別來賓宮部美幸與關西地區的新本格作家法月綸太郎、綾辻行人與我——有栖川有栖——三人舉行推理小說座談，聊及自己創作的小說、若現在這裡發生事件，會是什麼樣的事件等話題。後半段則是由法月綸太郎、綾辻行人與有栖川有栖三人的初稿改編的三部推理劇。法月綸太郎的是三重密室〈黑色瑪莉亞〉（後收錄於同名小說《謎團崩潰》），綾辻行人的是〈過度意外的兇手〉，至於筆者有栖川有栖則為〈等待開膛手傑克〉，亦即本書開頭的作品。

劇本改編者是上田信彥，製作人為妹尾和巳，演員卡司有六平直政、南河內萬歲等人。由於是自己的作品第一次改編成電視劇，看完後覺得非常有趣。不過，筆者的初稿其實很粗糙，所以應稱爲上田編劇的作品才對。將上演日期改爲聖誕夜的是他，建議把屍體吊在樹上的也是他，援用「等待果陀」之名、改劇名爲「等待開膛手傑克」的還是他。

我與推理小說迷的上田之後也合作過多次的電視劇或戲劇，彼此談得非常愉快（或許是因爲洽談前大約兩小時都會聊些推理小說或電影的話題吧）。今後無論於公於私，仍希望他能不吝指教。

電視劇中，火村與有栖川都未出場，因而改寫成小說時，我很頭疼不知該讓兩人從哪裡、如何出場。

〈笑月〉是採用有栖以外的第一人稱作品，與收錄在《英國庭園之謎》中的〈完美的遺書〉同樣透過第三者的角度來敘述，名稱摘自安部公房的《笑月》。對於很在意書中詭計具有多少眞實性的人可以親自前往澳洲確認。雖然我自己不曾去過。

〈散布暗號的男人〉是怪怪的題材。我沒去過澳洲，但卻在美國吃過串燒。

〈紅帽〉也相當特殊。特殊之處在於發表這個中篇（最初的篇名是〈戴紅帽子的男人〉）的媒體。連載本篇的《難波》雜誌只是大阪的一份機關雜誌，發行者是大阪府警局，數量只有兩萬本，並未在市面上販售，只有分贈給大阪府警局轄內的員警。當大阪府警局警務部教育訓練課向我提出「請讓我們的雜誌連載推理小說」時，我很驚訝：居然會有這種事？

我一開始推拒，幾經考慮後認爲這是非常難得的經驗，所以也就答應了。一方面是因爲能讀到平常人買不到的警察機關內部雜誌，另一方面是可以仔細參觀科學調查研究所，既有趣，對自己又有相當助益（只是很遺憾未能順利採入在科學研究所所獲得的知識）。

原先打算在作品中讓火村與有栖充分活躍，可是覺得總是讓刑警當配角也不應該，所以在抱著讓森下刑警成爲讀者眼中之焦點的念頭下，以他爲主角。最近，有關警察與刑警的書籍大量出現，其中常可見到「單身的警察全都住在宿舍，不可能單獨住在公寓」。這其實是最大的謊言。小酒館的場景可以認爲是松本清張《砂之器》的戲作。

〈悲劇性〉的篇名來自馬勒的交響曲，強烈的煽動力則受到收錄於羅傑華特斯（Roger Waters）《AMUSED TO DEATH》專輯裡的曲子〈What God Wants〉的影響。本作品當然並非推理小說，而是有關火村英生的介紹。關於寫這篇文章時的狀況，可說是回憶良多。截稿日期已迫在眼前，我卻前往美加旅遊，在舊金山的飯店（行前已告知責任編輯）接獲傳眞，表示「希望能先告知篇名」。於是我用國際電話告知是〈悲劇性〉，同時於回國途中在飛機上寫到約一半時，因稿紙用完，只好用尺在《朱色的研究》長篇校對稿背面劃格子後匆匆完成……眞的很累人。

〈波斯貓之謎〉在本書中是最新的作品。我不知道看到這樣的結局後，讀者會有什麼感想，因此感到很恐懼。即使如此，仍能將它完成應是當了十年的作家，精神也麻痺了的緣故吧！

最後的〈貓、雨、副教授〉乃是替《IN★POCKET》雜誌〈名偵探親筆調查報告〉（介紹名偵探不爲人知的事情，最後有名偵探親筆簽名的企畫）所寫的作品，也不是推理小說。之所以將這篇雜文放在卷末，是因爲筆者喜歡鋼琴家回應安可而微笑演奏鋼琴小品的場景，於是試著模仿，何況又與前一篇作品有著「貓」的關連性。

篇名源自谷崎潤一郎的《貓與庄造與兩個女人》。火村飼養的貓的名字、角色與我家飼養的貓完全相同。對貓的描繪比對火村的描繪還更巧妙，自己都感到些許不安。

必須事先說明一件事。這本短篇集是國名系列的第五冊，不過，本來預定要先撰寫以馬來西亞爲舞台背景的長篇，出版社也在書店刊登了「《馬來鐵道之謎》下個月發售」的預告，所以或許有讀者會覺得混亂：爲什麼是《波斯貓之謎》？那《馬來鐵道之謎》呢？

非常非常抱歉！一定會推出的，請暫時等待。

很感激仔細回答我有關電視實況轉播問題的讀賣電視台的前西和成先生。另外，更要深深感謝各篇作品初刊時曾幫忙過的每一個人，以及本書的責任編輯、講談社文藝圖書第三出版部的太田史克先生。

更要感謝每一位讀者。在此獻上波斯語的感激——

Mamnoon am！

一九九九・三・廿五

波斯貓之謎 / 有栖川有栖著；林敏生譯. --
初版. -- 臺北市：小知堂, 2005[民94]
面； 公分. -- (有栖川有栖；7)
譯自：ペルシャ猫の謎
ISBN 957-450-387-9（平裝）

861.57 94002633

知 識 殿 堂 · 知 識 無 限

有栖川有栖 07

波斯貓之謎

作　者 有栖川有栖
譯　者 林敏生
發行人 孫宏夫
總編輯 謝函芳
發行所 小知堂文化事業有限公司
地　址 臺北市康定路62號4樓
電　話 (02)2389-7013
郵撥帳號 14604907
戶　名 小知堂文化事業有限公司
法律顧問 永然聯合法律事務所
書店經銷 勤力國際股份有限公司
23145 臺北縣新店市寶橋路235巷133號1樓
Tel：(02)8919-2370~1 Fax：(02)8919-2379
登記證 局版臺業字第4735號
發行日 2005年4月 初版1刷
售　價 200元
本書經由博達著作權代理有限公司安排獲得中文版權
原著書名 ペルシャ猫の謎

購書網址：www.wisdombooks.com.tw
本書如有缺頁、破損、裝訂錯誤，請寄回本公司更換。
郵購滿1000元者，免付郵資；未滿1000元者，請付郵資80元。
ISBN 957-450-387-9

有栖川有栖

P413122 ⑰

有栖川有栖